Bibliografische Information der Deutschen Nationalbibliothek:
Die Deutsche Nationalbibliothek verzeichnet diese Publikation in der
Deutschen Nationalbibliografie.
Detaillierte bibliografische Daten sind im Internet über http://www.d-nb.de
abrufbar.

Alle Rechte der Verbreitung, auch durch Film, Funk und Fernsehen, fotomechanische Wiedergabe, Tonträger, elektronische Datenträger und auszugsweisen Nachdruck, sind vorbehalten.

Für den Inhalt und die Korrektur zeichnet der Autor verantwortlich.

© 2012 united p.c. Verlag

Gedruckt in der Europäischen Union auf umweltfreundlichem, chlor- und säurefrei gebleichtem Papier.

www.united-pc.eu

Bettina Huber

Schmetterlinge -
Verwandlung des Lebens

Mein Leben vor und nach dem Tod meines Sohnes Tim

Vorwort

Vor zwei Jahren starb mein einziges Kind im Alter von zwanzig Jahren an einer Überdosis Medikamente, vermutlich von einem Arzt verschrieben.

Als ich das Manuskript zur Veröffentlichung wegschickte, verspürte ich unendliche Erleichterung. Ich habe meine Gefühle, meine Empfindungen und meine Emotionen, soweit ich es zulassen konnte, niedergeschrieben. Somit konnte ich meiner Trauer freien Lauf lassen und den Verlust meines Sohnes besser verarbeiten.

Ich durchlief alle klassischen Trauerphasen wie in einem Lehrbuch. Der Prozess meiner Entwicklung war nicht immer einfach und sehr schmerzhaft. Mein Leben ist in zwei Abschnitte eingeteilt: Die Zeit vor Tims Tod und die Zeit danach…Ich darf meine Existenz hier auf Erden im „ Hier und jetzt" erleben ohne auf das Glück verzichten zu müssen. Mein Sohn ist immer bei mir.

Heute, zwei Jahre später, möchte ich alle Eltern, die ein Kind verloren haben, darin bestärken, nicht aufzugeben. Das Leben kann wieder Spaß und Freude bereiten, wenn man weiß, dass unsere Kinder noch immer bei uns sind. Nicht auf der physischen Ebene. Wir können sie nicht umarmen und spüren. Aber sie sind immer bei uns und begleiten uns auf unserem Lebensweg!

Manchmal darf ein Stern nur kurz aufleuchten,

um die Herzen der Menschen, die um ihn sind,

zu erhellen, um dann für immer am Himmel

für alle zu leuchten.

Juli 2010

Mein Sohn ist tot. Wie ein Mantra, immer wieder wiederholend: „Tim ist tot. Er ist tot. Tot,tot, tot."

Als ob ich mich selbst überzeugen müsste.

Dabei wusste ich es bereits davor, bevor es mir jemand mitteilen konnte. Die Intuition einer Mutter ist doch etwas Rätselhaftes. Ist es die innere Verbindung mit dem Kind?

Mein Mann und ich fuhren Anfang Juli nach Kroatien. Ich war sehr beunruhigt, hatte ich doch nichts mehr von meinem Sohn, Tim, gehört. Es wurden seit zwei Tagen keine Anrufe mehr entgegengenommen, keine SMS mehr beantwortet. Aber im letzten Jahr war dies nichts Außergewöhnliches mehr. Jedes Mal, wenn wir wegfuhren, meldete Tim sich nicht mehr. Mein Mann und ich diskutierten oft darüber, ob er das wohl absichtlich machte und uns unseren Urlaub im wahrsten Sinne des Wortes vergällen wollte. Mein Sohn war im letzten Jahr medikamentenabhängig und unser Leben war völlig aus der Bahn geworfen.

Schon auf der Fahrt dachte ich: Ich darf nicht wegfahren, ich muss wieder zurück. Ich hatte ein unbeschreiblich schlechtes Gefühl im Magen. In mir stritten die widersprüchlichsten Gedanken. Letztendlich gewann meine egoistische Seite die

Oberhand: Bettina, du hast dir den Urlaub nach diesem anstrengenden Schuljahr wirklich verdient und Tim wollte sowieso nicht mitkommen.

Am Urlaubsziel angekommen, setzte ich mich in ein kleines Restaurant am Meer. Mir war so übel, vielleicht könnte mir eine Kleinigkeit zu essen helfen, dachte ich jedenfalls. Ich saß da in meinem Korbstuhl, die Beine in die warme Sonne streckend. Auf einmal war ich von einem bunten Schmetterlingsschwarm umgeben. Ein Schmetterling setzte sich auf meinen Unterarm und in mir breitete sich ein wohliges, warmes Gefühl aus. Ich dachte ganz ruhig: Tim kommt sich von mir verabschieden, die Verwandlung des Lebens. Irgendwann hatte ich einmal einen Artikel gelesen, dass Verstorbene sich kurz nach ihrem Tod in Form von Schmetterlingen ihren nahen Angehörigen zeigen. Nur genau wusste ich darüber noch nicht Bescheid.

Kurz nach dem Essen läutete mein Telefon, Tims Freundin Tamara rief an. Sie fragte mich sehr aufgeregt, wann ich ihn das letzte Mal gesehen oder gesprochen hätte. Für mich war das nur noch ein Stück mehr Gewissheit- es war etwas passiert! Ich bat meine Mutter telefonisch in Tims Wohnung zu fahren. Sie antwortete lapidar: „ Reg dich nicht so auf. Tim wird ins Schwimmbad gegangen sein. Es ist doch so unerträglich heiß in Wien. Ich fahre erst am Abend mit deinem Vater zu Tim. Wir warten bis es ein bisschen kühler ist."Die Wartezeit, es vergingen sicher drei Stunden, war unerträglich. Ich ging auf und ab, rauchte eine Zigarette nach der anderen und betete zu Gott: „Lieber Gott, bitte schick mir ein Zeichen! Bitte! Bitte!" In diesem Augenblick flog eine weiße Möwe knapp über meinem Kopf vorbei und ich hatte beinahe den Eindruck, dass sie mir zuzwinkerte. Ich zwang mich ein Buch zu lesen und Ruhe zu bewahren. Aber die Buchstaben verschwammen vor meinen Augen und ich konnte mich nicht konzentrieren. Ich führte innere Dialoge mit Gott, mit Tim und versuchte nicht hysterisch zu werden.

Als meine Mutter gegen Abend - es muss achtzehn oder neunzehn Uhr gewesen sein - ich weiß es nicht mehr- ins Telefon brüllte: „Tim ist tot! Er liegt tot in der Wohnung!", flüsterte ich nur noch leise: „Ich hab´s gewusst!"

Mein Mann saß nichts ahnend im Wohnwagen, den wir uns für diesen Urlaub ausgeborgt hatten und war mit seinem Laptop beschäftigt. Als ich ihm erzählte, was passiert war, begann er zu schreien und zu weinen. Wir rafften unsere Kleidung zusammen, warfen alles ins Auto, ließen den Wohnwagen auf dem Campingplatz stehen und fuhren so schnell wir konnten nach Wien zurück.

Griechenland, August 2010

Ich lag am Strand mit meinen beiden Freundinnen Tami und Uschi. Dort, wo mein Herz ist, spürte ich einen Schmerz, der so unvorstellbar ist, so unerträglich...

Ich habe meinen Sohn verloren. Er starb vor sechs Wochen und zwei Tagen, alleine in seiner Wohnung. Mein wunderschönes, großgewachsenes, blondes Kind durfte nur zwanzig Jahre alt werden. Geblieben sind mir Erinnerungen, Fotos, Filme und eine Urne mit seiner Asche, die in meinem Arbeitszimmer steht. Tim ist immer bei mir – Tag und Nacht.

Noch hatte ich keine Zeit zu trauern. So viele Angelegenheiten mussten geregelt werden, so viel musste organisiert werden. Wer kennt das nicht, der schon einmal einen geliebten Menschen verloren hat?

Endlich, endlich flossen meine Tränen – unaufhaltsam.

Als wir drei Tage zuvor auf dem Flughafen Schwechat zu unserer Reise aufbrachen, die wir schon ein halbes Jahr davor gebucht hatten, entdeckte Uschi in einer Buchhandlung das Buch"Vier minus Drei"von Barbara Pachl- Eberhard. Sie schenkte es mir für unseren Urlaub. Nachdem ich nicht an Zufälle glaube und immer denke, dass alles im Leben einen Sinn hat und zur rechten Zeit kommt, begann ich dieses ganz besondere Buch, das von einer Frau handelt, die ihre ganze Familie verloren hat, zu lesen. Hinter einer schwarzen

Sonnenbrille versteckt, fing ich an meiner Trauer freien Lauf zu lassen. Die Trauer darüber, dass mein Kind viel zu früh aus diesem Leben scheiden musste. Warum? Diese Frage stelle ich mir Tag und Nacht, aber es gibt keine Antwort und es wird auch nie eine geben…

Trotzdem möchte ich allen Eltern Mut machen, die sich in derselben Situation befinden. Mein Lebensmut ist ungebrochen. „ Ich wünsche dir ein schönes Leben, liebe Mama, "stand auf einer Muttertagkarte von Tim, die er mir einmal geschrieben hat. Genau daran werde ich mich auch halten. Ich werde mein Leben weiterhin schön gestalten, und irgendwann werden wir uns wieder treffen dürfen und umarmen.

Liebe Mama alles Gute zum
Muttertag!

Ich habe dich ganz gern
lieb!

1987 - 1994

Ich arbeitete als Skilehrerin in Saalbach - Hinterglemm, da ich in Wien zu jener Zeit keine Anstellung als Volksschullehrerin bekam. Eines Abends lernte ich meinen zukünftigen Mann, Pieter, einen Holländer kennen. Wir dachten, es wäre die große Liebe und sämtliche Sprachbarrieren und Verständigungsschwierigkeiten wären leicht zu überwinden. Ich war erst 24 Jahre alt und Pieter kam mir mit seinen 33 Jahren so erwachsen vor. Welch ein Irrtum, wie sich erst später herausstellen sollte.

Ich wollte unbedingt heiraten und ein Kind bekommen. Die Zeichen, es besser nicht zu erzwingen, habe ich nicht gesehen, wollte ich nicht sehen. Wir lebten beinahe ein Jahr in Holland. Die Unterschiede zwischen den Holländern und den Österreichern hätte nicht größer sein können. Am Beginn fand ich alles aufregend und spannend. In Holland sind die Menschen so offen und unkompliziert. Den ganzen Tag über stehen die Häuser offen und man kann jederzeit zu Nachbarn oder Freunden auf Besuch gehen. „ Koffie is altijd klar!"Das heißt: Der Kaffee ist immer fertig! Ich fand das toll und verliebte mich in dieses Land. Erst viel später bemerkte ich die Oberflächlichkeit einiger Leute in meiner näheren Umgebung. Nach und nach vermisste ich meine Freunde in Wien und vor allem fand ich keine Arbeit. Ich besuchte einen Holländisch- Kurs und stürzte mich mit Feuereifer auf den Haushalt. Ich kochte und putzte ständig. Pieter, der schon immer dazu neigte nicht allzu fleißig zu sein, lehnte sich zurück und ließ sich gerne von mir bedienen. Er hatte eine Wäscherei von seinen Eltern geerbt und saß den ganzen Tag im Hinterzimmer des Geschäfts. Einige Angestellte wuschen und bügelten. Seine Schwester bediente die Kunden. Dieses ruhige Leben unterschied sich so sehr vom stressigen Leben in Wien. Ich wollte Pieter unbedingt heiraten. Er war gerade geschieden und war nicht sonderlich begeistert, dass ich so auf Heirat drängte. Ich ließ nicht locker! Eines Tages erhielt Pieter einen Brief – es wären chemische Stoffe im Abwasser gefunden worden, die vom Geschäft stammten. Er wurde auf umgerechnet 3 Millionen Schillinge geklagt. Nachdem das Haus und das Geschäft mit einer hohen Hypothek belastet waren, beschloss Pieter nach Wien zu ziehen. Damals gab es noch kein Abkommen zwischen Österreich und Holland. Von der EU war noch nicht die Rede. Wir zogen also erst einmal in das Haus meiner Eltern in Wien. Endlich erfüllte sich mein Wunsch und wir bestellten das Aufgebot für unsere Hochzeit. Schon auf dem Weg zum Standesamt hatte ich ein mulmiges Gefühl im Magen. Es gab sogar einen Moment, in dem ich am liebsten aus dem fahrenden Auto springen wollte, als wir über die Brigittenauer Brücke fuhren. Damals dachte ich, das sei meine Nervosität vor der Hochzeit. Hätte ich bloß auf meine innere Stimme gehört!

Mit finanzieller Hilfe meiner Eltern eröffnete Pieter ein Modeschmuckgeschäft im 3. Bezirk. Wir mieteten eine kleine Wohnung in einem Dachgeschoß im sechsten Stock in der Nähe des Geschäfts, die im Sommer unerträglich heiß und im Winter mit einer kleinen Ölheizung kaum zu erwärmen war. Tim wurde in einer Zeit geboren, in der um unsere finanzielle Situation schon sehr schlecht stand. Mein Ex- Mann konnte leider nicht mit Geld umgehen, immer öfter fand ich unbezahlte Rechnungen. In meiner Naivität bekam ich anfangs von unseren Schwierigkeiten nichts mit. Ich wiegte mich noch in einer scheinbaren Sicherheit, als Pieter nach und nach noch zwei weitere Standorte mit Modeschmuck eröffnete. Ich arbeitete oft in den Geschäften mit, unterrichtete in einer Ganztagesschule und hatte ein kleines Kind zu versorgen. Tim war von seiner Geburt an ein typisches Schreibaby. Er weinte vier Stunden durch und schlief anschließend nie länger als zwanzig Minuten. Ich war also dementsprechend immer gerädert und unausgeschlafen. Ich rannte mit dem kleinen Baby von Arzt zu Arzt, doch niemand konnte mir helfen. Stundenlang lief ich mit dem brüllenden Kind in der eiskalten Wohnung umher und versuchte es singend und wiegend zu beruhigen. Pieter war mir überhaupt keine Hilfe. Er war völlig überfordert. Eines Abends, wir kamen gerade von einer Hochzeitsfeier meiner Freundin Gerti zurück, passierte folgendes. Pieter hatte wieder einmal zu viele Schnäpse getrunken. Das vertrug er gar nicht. Er wurde furchtbar aggressiv und versuchte mir schon während der

Autofahrt ständig ins Lenkrad zu greifen. Tim lag zu dieser Zeit noch in einer Tragtasche, angeschnallt auf dem Rücksitz. Endlich kamen wir zu Hause an. Ich war wirklich erleichtert, dass wir die Fahrt unversehrt überstanden hatten. In der Wohnung drehte Pieter durch. Er nahm Tim in den Arm und drohte ihn aus dem Fenster des sechsten Stockwerks zu werfen. Ich schrie und bettelte, dass er unser Kind loslassen möge. Irgendwann ließ er von Tim ab, warf sich aufs Bett und schlief augenblicklich ein. Ich weinte beinahe die ganze Nacht durch. Am nächsten Tag entschuldigte er sich reumütig: „Es tut mir so leid. Ich war gestern so betrunken. Das wird nie wieder vorkommen. Weißt du, ich finde es so anstrengend ein kleines Kind zu haben. Ich habe mir das viel einfacher vorgestellt." Ab diesem Zeitpunkt lebte ich in ständiger Angst. Wann würde Pieters nächster Ausbruch kommen? Ich fühlte mich so, als säße ich auf einem Pulverfass, das jederzeit zu explodieren drohte. Ab und zu wiederholten sich Pieters Anfälle. Aber seine Aggression richtete sich „nur" mehr gegen mich und nicht mehr gegen unseren Sohn.

Als Tim zwei Jahre alt war und Scharlach hatte, wurde im Donauspital festgestellt, dass er einen Herzfehler hat. Ich war damals sehr schockiert. Ein Arzt erklärte mir, er hätte nur ein kleines stecknadelkopfgroßes Loch in der Herzklappe. In den Befunden stand jedoch Herzinsuffizienz. Ich machte mir ständig Sorgen um die Gesundheit meines Kindes. Dazu kamen die Ängste, die Bankkredite für die Geschäftsschulden nicht mehr zurückzahlen zu können. Der Mietvertrag der Wohnung lief aus und ich wollte uns für eine Gemeindebauwohnung anmelden. Ich nahm Tim in einer Tragtasche zum Amt mit. Dort teilte mir eine unfreundliche Dame nach stundenlanger Wartezeit mit: „Sie haben keinen Anspruch auf eine Gemeindewohnung, da Sie bereits einmal eine Wohnung auf dem freien Wohnungsmarkt gemietet haben."Ich antwortete damals ganz entsetzt: „ Aber wir haben kein Geld und können uns so eine teure

Wohnung nicht mehr leisten."– „ Das tut mir sehr leid für Sie. Aber wir können leider nichts machen. Vorschrift ist Vorschrift."Alles Flehen half nichts. In meinen Albträumen sah ich uns schon unter einer Brücke schlafen.

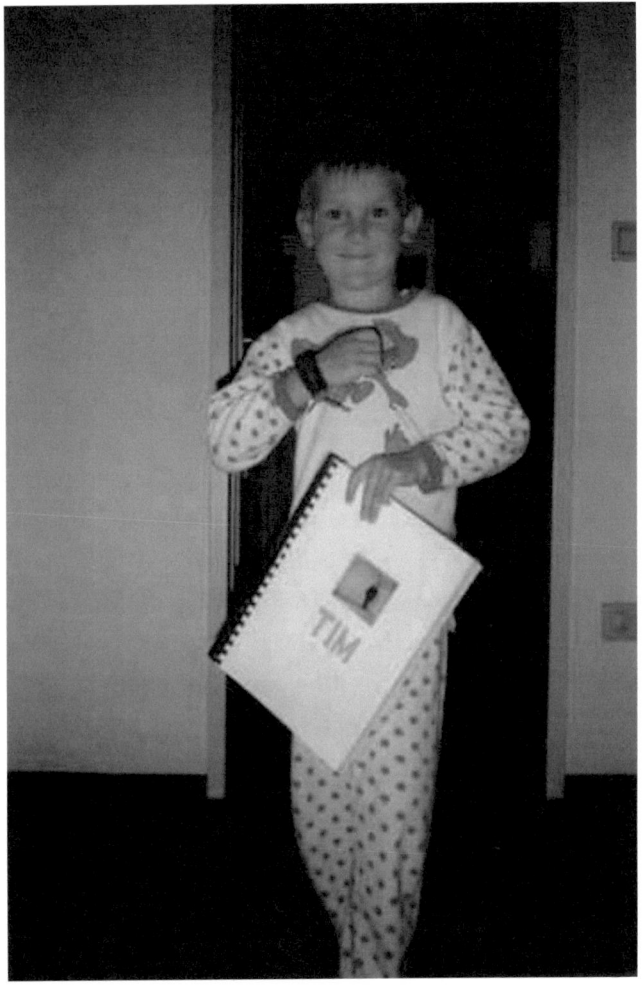

Ich bekam immer öfter Panikattacken. Es überfiel mich im Auto – ich konnte nicht mehr durch einen Tunnel oder über eine Brücke fahren, bekam Schweißausbrüche, konnte in kein Kino und Theater mehr gehen ohne mit Ängsten zu kämpfen. Als ich noch zusätzliche Fortbildungen für die Schule absolvieren musste, gaben meine Beine eines Tages beim Spazierengehen mit dem Hund einfach nach. Mein erster Gedanke war: „ Bettina, jetzt landest du bald in der Klapsmühle!"Damals verstand ich noch nicht, dass mir mein Körper die eigenen Grenzen zeigte. Irgendwann landete ich bei einem Neurologen, der mir wortlos den Folder einer Therapiegruppe mit dem Titel „ Ich würde mich doch so wohl fühlen, wenn nur mein Körper nicht wäre"in die Hand drückte. Drei Monate lang trug ich den Prospekt in meiner Handtasche mit mir umher und dachte: „ Na, so verrückt bin ich nun auch wieder nicht, dass ich dort hingehe".

Als der Leidensdruck immer größer wurde, beschloss ich die mir empfohlene Therapeutin aufzusuchen. Die Gruppe war toll und wurde bald so etwas wie meine zweite Familie. Die erste Übung bestand darin in Partnerarbeit Fragen zustellen. Ein Teilnehmer fragte mich: „ Bist du in deiner Ehe glücklich?"- „ Aber natürlich", antwortete ich sofort. Meine Eltern hatten mir beigebracht, wenn man erst einmal verheiratet ist, stellt sich gar nicht die Frage ob man glücklich ist oder nicht. Da muss man einfach durch. Immer nach dem

Motto: Nur die Harten kommen durch und ein Indianer kennt keinen Schmerz!

So nach und nach weichte die Gruppe meinen Panzer auf und ich konnte mir eingestehen, wie ich tatsächlich litt. Ich konnte es jahrelang nicht einmal vor mir selbst, geschweige denn vor meinen Freundinnen zugeben, dass unsere Situation zu Hause so angespannt war und Pieter mir immer öfter gegenüber gewalttätig wurde. Auch das gehörte für mich zum Alltag und da musste ich durch, dachte ich zumindest. Je länger ich die Gruppe besuchte, die mir zu einer unendlichen Stütze wurde, umso aggressiver entwickelte sich Pieters Verhalten. Er hatte Angst, dass ich bei den Therapiesitzungen über unsere Ehe sprechen würde. Was ich natürlich auch tat.

Heute denke ich, dass mein Sohn sehr viel durchmachen musste. Er konnte nicht verstehen, dass ich seinen Vater, als er fünf Jahre alt war, verließ. Es war ein Drama! Mein Ex- Mann flüchtete – wieder einmal – vor der Bank zurück nach Holland. Meine Eltern, die ihn immer wieder unterstützten, gaben ihm zum letzen Mal einen größeren Geldbetrag. Ich übersiedelte noch mit nach Holland, aber dort bekam auch ich keinen Job und wir standen vor dem Nichts. Tim musste bereits im zarten Alter von fünf Jahren die holländische Schule besuchen, obwohl er zu der Zeit kein Wort der niederländischen Sprache verstand. Die Schulpflicht beginnt in Holland mit vier Jahren! Tim weinte ständig. Er wurde immer dünner und dünner. Während er in der Schule sein musste, versuchte ich eine Arbeit zu bekommen. Nicht einmal als Verkäuferin in einem Geschäft eines Bekannten nahmen sie mich, da es mit meinen Sprachkenntnissen auch noch nicht bestens bestellt war. Pieter und ich stritten nur noch. Unsere Beziehung war definitiv am Ende. In einer Nacht- und Nebelaktion nahm ich Kind und Hund und floh über die Grenze nach Deutschland zurück nach Österreich und zog zu meinen Eltern. Ich hatte schon solche Angst vor den Wutausbrüchen meines Mannes. Ab diesem Moment drohte mir Pieter ständig mein Kind zu entführen. Täglich rief er an und brüllte ins Telefon: „ Ich hole mir mein Kind zurück. Du darfst mich nicht verlassen! Ich brauche dich! Du hast mir meinen Sohn genommen! Ich werde dich anzeigen!"Ich lebte in immerwährender Angst. Zu all meinen Problemen- ich hatte auch keine Wohnung mehr- meldete sich die Bank bei mir, denn ich hatte für die Geschäftsschulden gebürgt. Pieter verdiente offiziell nichts und ich hatte wieder meinen Job als Lehrerin, was natürlich für die Bank sehr einfach war- mich konnten sie ja pfänden. Ich kämpfte jahrelang, Alimente zahlte mir mein Ex-Mann nicht. Sieben Monate wohnte ich im Haus meiner Eltern bis ich eine günstige Wohnung fand.

Die Scheidung zog sich über ein Jahr hin. Pieter wollte nicht einwilligen. In dieser schwierigen Zeit wurde Tim wieder zum Bettnässer bis sich die Situation wieder ein wenig entspannte und er zu mir in die Schule kam.

Seine Lehrerin hatte überhaupt kein Verständnis für seine Lage und machte uns den Schulalltag noch zusätzlich schwer. Ich hatte oft Auseinandersetzungen mit ihr, obwohl sie meine Kollegin war. Selten habe ich einen derartig gefühllosen Menschen wie sie erlebt. Sie warf mir vor, dass Tim immer ein Foto von seinem Vater auf dem Tisch stehen hatte. Es gab wirklich einige unangenehme Diskussionen mit ihr. Einmal ereignete sich folgende Begebenheit: Tim kam immer in der letzten Pause zu mir in die Klasse- so war es mit seiner Lehrerin abgesprochen-, um mich zu fragen ob er mit dem Bus nach Hause oder mit mir mit dem Auto nach Hause fahren musste. Falls ich noch ein Elterngespräch oder sonstige Arbeiten in der Schule zu erledigen hatte, nahm er den Autobus. Eines Tages, er besuchte die erste Klasse Volksschule, kam er ganz aufgeregt mit seinem Malbecher zu mir. „ Die Frau Lehrerin schickt mich. Du musst den Inhalt in dein Waschbecken leeren." Ich betrachtete den Malbecher mit dem bunten Wasser. „ Warum? Ich verstehe das nicht. Habt ihr kein Waschbecken in eurer Klasse?", fragte ich ihn. „ Oh ja, aber ich habe nach dem Malen Schalen von Pistazienkernen mit ein bisschen Klebstoff vermischt, um zu sehen wie sich das bunte Wasser damit verbindet. Meine Lehrerin sagt, du sollst das jetzt entsorgen, denn sie will ihren Abfluss nicht verstopfen. Sonst muss sie den Installateur holen."- „ Und ich soll mich jetzt also darum kümmern?". Ich nahm die Schalen der Nüsse aus dem Becher, warf sie in den Mistkübel und leerte den Rest in das Waschbecken."

So, das Problem ist gelöst", sagte ich zu meinem Sohn. „ Schöne Grüße an die Frau Lehrerin!" – „ Nein, Mama, ich traue mich nicht mehr in meine Klasse. Sie wird mit mir schimpfen." Also begleitete ich Tim – schon ein wenig aufgebracht- zu seiner Lehrerin zurück. Ich stellte ihr den Malbecher auf den Tisch. „ Ich habe den Inhalt in mein Waschbecken geleert. Aber was würdest du eigentlich machen, wenn ich zum Beispiel beim Billa an der Kassa arbeiten würde? Würdest du mir mein Kind dann auch schicken", fragte ich sie erbost. „ Na, du weißt ja, keine Vorteile ohne Nachteile. So ist das halt, wenn man sein Kind an die eigene Schule mitnimmt", antwortete sie.

Erster Schultag mit Schulfreundin Verena-Evita

Am nächsten Tag wollte Tim wieder zu mir kommen um mich wegen des Heimwegs zu befragen. „ Darf ich zu Mama gehen?", bat er seine Lehrerin." Nein, deine Mutter arbeitet nicht mehr hier. Sie ist jetzt bei der Billa- Kassa." Tim begann sofort zu weinen, da er seiner Lehrerin alles glaubte. Ich brauchte den ganzen Nachmittag, um ihm den Sachverhalt zu erklären und mein Kind wieder zu beruhigen.

In Tims Klasse wurden keine Geburtstage gefeiert und Naschsachen waren ebenso verpönt, nur als Eltern wurden wir nicht darüber informiert. Ich gab Tim also am letzten Tag vor Weihnachten eine Packung mit Naschsachen mit und sagte zu ihm: „ Frag bitte die Frau Lehrerin ob du den Kindern Süßigkeiten austeilen darfst. Du hast morgen Geburtstag." Im Laufe des Vormittags kam Tim aufgelöst mit Tränen in den Augen zu mir gerannt." Ich darf den Mitschülern keine Naschereien geben. Die Frau Lehrerin hat mich gefragt ob du noch nie etwas von gesunder Ernährung gehört hast." Ich wurde so wütend und lief sofort zu meiner Kollegin. „ Sei mir nicht böse, aber was ist dabei, wenn die Kinder einmal im Jahr etwas Süßes essen. Sonst haben sie ja sowieso nicht viel Spaß in deiner Klasse!", schrie ich. „ Außerdem schau dir meinen dünnen Sohn und mich einmal an und dann schau selbst in den Spiegel!" Ich weiß, das war nicht gerade die „feine englische Art", aber mit mir gingen sprichwörtlich die Pferde durch. Ich wurde umgehend zu einem „ Sechs Augen- Gespräch" in die Kanzlei mit Frau Direktor und meiner Kollegin beordert. Dort musste ich mich für mein Fehlverhalten entschuldigen.

Am liebsten hätte ich Tim in einer anderen Schule untergebracht, aber er wollte unbedingt bleiben.

Trotz aller Probleme versuchte ich Tims Leben so angenehm wie möglich zu gestalten. Meine Eltern standen immer hinter mir, sei es in emotionaler oder finanzieller Hinsicht. Sie nahmen Tim oft auf Badeurlaube nach Italien und Griechenland oder zum Wandern nach Kärnten mit. Tim liebte seine Großeltern sehr und fühlte sich bei ihnen immer wohl. Er genoss es bei ihnen übernachten zu dürfen, wenn ich manchmal ausging. Er wollte nie bei Freunden schlafen, nur bei Oma und Opa. Einmal engagierte ich eine Babysitterin, die Tochter meiner Religionslehrerin, da meine Eltern und ich gemeinsam ins Theater gehen wollten. An diesem Abend kam es beinahe zu einer Katastrophe. Tim weinte so viel, dass sich das arme Mädchen nicht mehr zu helfen wusste. Sie rief ihre Mutter, meine Kollegin, an und diese eilte ihr mitten in der Nacht zu Hilfe. Tim erzählte ihnen unter Tränen, Mama, Oma und Opa hätten nie Zeit für ihn. Ständig würde ein Babysitter auf ihn aufpassen. Ich schämte mich sehr vor meiner Kollegin. Ich versuchte ihr zu erklären, dass Tims Aussagen nicht der Wahrheit entsprachen. Das war das einzige Mal, dass wir Tim jemanden anderen anvertrauten. So hatte er damals schon seinen Willen durchgesetzt! Mein Sohn neigte leider immer dazu, uns alle untereinander auszuspielen. Wir durchschauten es lange nicht und gaben seinen Wünschen allzu oft nach.

Wir fuhren jedes Jahr auf Skiurlaub. Tim weigerte sich einen Skikurs zu besuchen. Also brachten Oma und ich Tim das Skifahren bei. Er wollte immer nur im Familienverband bleiben. Vermutlich hätte ihm ein Fremder mehr Grenzen gesetzt und das wusste er auch.

Meine Mutter, eine begeisterte Tennisspielerin, verbrachte mit ihrem einzigen Enkelkind viele Stunden auf dem Tennisplatz. Tim spielte einige Jahre sehr gerne und sehr gut Tennis. Seine Freunde bewunderten immer seine jugendliche Oma. Einmal sagte Michael, Tims Freund, zu ihm: „ Du hast eine tolle Oma. Meine sitzt nur zu Hause und strickt. Aber mit deiner Oma kannst du Radtouren machen, Ski fahren und Tennis spielen. Echt cool!"

1998 - 2010

Als Tim acht Jahre alt wurde, lernte ich meinen jetzigen Mann Andreas, einen liebevollen, fleißigen Mann, kennen. Ich werde den Tag, als sich Tim und Andreas das erste Mal sahen, nie vergessen. Andy- so nenne ich meinen Mann- setzte sich gleich zu Tims Legosteinen und spielte stundenlang mit großer Freude mit meinem Kind auf dem Boden. Für ihn war Tim wie sein eigenes Kind, da er selbst keine Kinder hatte. Die beiden konnten gemeinsam tagelang zusammen basteln und spielen. Im Mai 1999 heirateten wir. Diesmal war ich wirklich glücklich. Ich wusste, dass ich die richtige Entscheidung getroffen hatte. Tim freute sich mit uns. Im Jahr 2000 zogen wir in ein Haus mit Garten und waren eine glückliche kleine Familie.

Zu dieser Zeit begann Tim Reitstunden zu nehmen. Ich fuhr jeden Sonntag mit ihm aufs Land auf einen Reiterhof – drei Jahre lang. Er absolvierte viele Prüfungen, half im Reitstall mit und zum Schluss ritt er Turniere. Wir waren so stolz auf ihn.

Im Sommer verbrachten wir unsere Urlaube in Griechenland, Kroatien, Italien und Argentinien. Ich habe so nette Erinnerungen an diese gemeinsamen Wochen. Mit meinem Mann und Tim wurde jeder Urlaubstag ein Abenteuer. Wir fuhren zum Beispiel mit Mopeds auf griechischen Inseln umher, grillten Würstel über dem Lagerfeuer am Strand, fuhren mit Jeeps über Sandstraßen. Wir haben wirklich viel erlebt und Tim war immer begeistert. Einmal mieteten wir einen Jeep und fuhren an einen Strand. Der Vermieter hatte meinem Mann gesagt, dass dieses Auto nicht geeignet sei, über Sanddünen zu fahren. Mein Mann hatte als er jung war selbst einen Jeep und sagte noch lachend zu uns: „ Das werden wir ja sehen! Ich bin schon unzählige Male auf Stränden gefahren." Wir packten Getränke, Fleischspieße, Würstel und Brot ein und begaben uns am Abend Richtung Strand. Es wurde schon dunkel und wir wollten an einer einsamen abgelegenen Stelle ein Lagerfeuer entzünden. Mein Mann raste mit Schwung durch den Sand und wir steckten fest. Ich wurde nervös und bekam schreckliche Angst. Doch Tim und mein Mann fanden das lustig. „Uns wir niemand finden. Es ist doch schon so spät. Außerdem hat der Vermieter gesagt, dass man das nicht darf", jammerte ich vor mich hin. Andy und Tim suchten große Holzstücke und versuchten den Wagen auf den festen Untergrund zu bringen. Nach einiger Zeit und mit viel Schwung gelang es den beiden uns zu befreien. Sie empfanden unsere Erlebnisse immer als tolle Abenteuer.

Manchmal fuhren meine beiden Männer mit Mopeds in Griechenland so wild durch die Gegend, dass mir angst und bang wurde. Wie oft hörte ich die Sätze: „ Du bist ja so ängstlich. Uns passiert schon nichts." Einmal hatte Tim dann doch einen Unfall, aber es waren nur seine

Knie aufgeschürft. Die Wahrheit erzählten mir meine beiden Helden erst viel später. Mein Mann sagte zuerst, Tim wäre beim Volleyballspiel gestürzt, das täglich am Strand stattfand.

Im Winter fuhren wir Ski in der Steiermark, in Salzburg oder in Kärnten. Andy hat eine Tante und einen Onkel im Lachtal, die wir oft besuchten. Tim durfte auch Freunde zu diesen Urlauben mitnehmen. Er fuhr sehr gut Ski und später stieg er auf Snowboarden um. Er gewann einige Rennen und brachte Pokale und Medaillen mit nach Hause.

In den letzen Jahren fuhr Tim sogar „ Down Hill"mit dem Rad. Einmal erzählte er mir, er wäre mit einem Freund den Leopoldsberg hinunter gerast. Er trug zwar einen Vollvisierhelm, aber mich hat trotzdem beinahe der Schlag getroffen.

Zu seinem achtzehnten Geburtstag schenkte ihm sein Vater in Holland einen Fallschirmsprung. Tims Ziel war es ab diesem Moment die Ausbildung für das Fallschirmspringen zu absolvieren. Dazu fehlte ihm allerdings das nötige Geld.

Kurz vor seinem Tod begann er in einer Kletterhalle mit einem Kletterkurs. Er kaufte sich noch die gesamte Ausrüstung.

Man sollte also meinen, dass mein sportlicher Sohn nicht unbedingt zur drogengefährdeten Zielgruppe gehörte. Wie hatten wir uns doch geirrt!

Tim und seine Liebe zu Tieren

Wir hatten immer Haustiere. Unseren Hund, eine Dackelmischung, gab es schon, als Tim zur Welt kam. Die beiden waren ein Herz und eine Seele. Als Tim im Krabbelalter war, kroch er mit „Goofy" um die Wette im Wohnzimmer umher. Wenn Tim etwas aß, ließ er unseren gefräßigen Hund immer mitessen. Sie teilten sich sogar Bananen und Gurken. Tims erstes Wort war übrigens nicht „Mama" oder „Papa", nein es war „Gaga", was in seiner Babysprache Goofy bedeuten sollte.

Mit sechs Jahren bekam Tim ein Meerschweinchen namens „Polly". Später kauften wir noch ein Kaninchen dazu, damit Polly nicht so einsam war. Wenn die beiden frei laufen durften, war es immer lustig. Der Hase hoppelte um den Esstisch, hinten dran das Meerschweinchen oder umgekehrt. Goofy verfolgte die zwei kleinen Tiere zwar, aber sie verstanden sich alle gut miteinander.

Als wir in unser Haus übersiedelten, Tim war ungefähr zehn Jahre alt, kam unsere Katze Rosi, auch „Principessa" genannt dazu.

Zu unserem mittlerweile sehr alten Hund kauften wir uns eine junge Hündin, einen Labradormischling. Meine Mutter war zuerst sehr dagegen: „ Das könnt ihr dem alten Hund nicht antun", sagte sie. Aber Goofy blühte richtiggehend auf und wurde sogar stattliche siebzehn Jahre alt. Jana, unsere Hündin liebte sogleich unsere

Katze. Tim und ich fanden in der Nähe des Reitstalls einen ausgesetzten Babykater und nahmen ihn vorerst mit nach Hause. Jana stürzte sich sogleich liebevoll auf den kleinen Kater und wurde seine Ziehmutter. Somit durfte Fritzi auch in unserem Haushalt bleiben. Tim liebte seine Tiere und spielte immer mit ihnen. Die Katzen durften sogar bei ihm im Bett schlafen.

Wir hatten noch einige Jahre lang zwei Schildkröten, die Tim später aber verkaufte. Er wollte sich darum ein Moped kaufen, aber das Geld reichte nicht dafür.

Ich war bereits in Tims Freundeskreis bekannt für mein Verständnis. „Mama rettet alle Tiere. Ihr könnt sie ihr ruhig bringen", erzählte mein Sohn immer stolz. Seine Freunde brachten mir einen Vogel, der aus dem Nest gefallen war und einmal bewahrten wir eine fremde Schildkröte vor dem Tod und brachten sie zum Tierarzt.

Unser Hund und unsere Katzen geben mir heute auch noch sehr viel Kraft und bereiten meinem Mann und mir täglich viel Freude.

Hin und her gerissen

Tim flog, nachdem sich die Situation mit meinem Ex-Mann ein wenig entspannt hatte, mehrmals pro Jahr nach Holland auf Besuch. Er kam allerdings immer ziemlich durcheinander zurück. Jedes Mal gab es einen anderen Grund. Einmal erzählte ihm sein Vater: „Ja, das ist vielleicht das letze Mal, dass wir uns sehen. Ich bin so krank. Ständig habe ich Herzmuskelentzündungen. Wer weiß wie lange ich noch lebe."Tim schloss sich nach solchen Besuchen in sein Zimmer ein und war nicht mehr ansprechbar. Ich atmete auf, als Pieter wieder heiratete und eine Tochter bekam. Bei einem der nächsten Besuche fand Pieter wieder andere Strategien Tim dazu zu bewegen, zu ihm nach Holland zu übersiedeln. „Wohne bei uns. Hier ist die Schule nicht so schwer wie in Wien." Und Tim war schon wieder aus dem Gleichgewicht geworfen. So ging es ständig. Andy und ich hatten unsere Mühe Tim wieder zu beruhigen. Nach dem nächsten Hollandaufenthalt war es wieder seine kleine Halbschwester, die nicht ohne ihn leben konnte. Pieter ließ die damals zweijährige Rosalie mehrmals anrufen und die Kleine weinte ins Telefon: „Tim komm! Tim komm zurück!"Und so ging das jedes Mal. Ich wollte Tim nicht mehr zu seinem Vater fliegen lassen. Aber er verherrlichte Pieter derartig, dass er immer wieder zu ihm reisen wollte. Ich konnte ihm seine Bitte meistens nicht abschlagen. Er flehte mich oft an: „ Bitte, ich will nach Holland fliegen."Ich wollte und durfte ihm den Kontakt nicht vorenthalten, da Pieter seit der Scheidung ein Besuchsrecht während der Ferien zustand. Oft führte ich telefonisch Gespräche mit Pieter zu diesem Thema. Einmal fuhren mein Mann und ich auch nach Holland, um mit ihm über sein Verhalten zu sprechen. Aber Pieter versprach immer wieder, Tim nicht mit unüberlegten Aussagen zu belasten. Ich hatte aber den Eindruck, dass Tim sich zwischen Holland und Österreich und den beiden Familien hin und her gerissen fühlte. Ich redete viel mit Tim darüber und hatte auch immer danach das Gefühl, es ginge ihm wieder besser. Eine Zeitlang besuchte Tim auch eine Therapeutin, die ihm die Für und Wider zwischen den beiden Ländern und Familien aufzeigte. Nach diesen Sitzungen war ihm klar: „ Mein Leben ist in Wien."

Als Tim ungefähr zehn Jahre alt war, sagte er mir: „Mama, ich ziehe nach Holland."Zuerst war ich traurig, aber dann wollte ich es Tim doch versuchen lassen. Also sprach ich mit Pieter darüber. Mein Vorschlag war, Tim sollte sich erst einmal neun Wochen in den Ferien in Holland aufhalten, zur Probe sozusagen. Pieter war wieder einmal wütend: „ Wie stellst du dir das vor? Neun Wochen, das ist doch viel zu lang! Was soll ich die ganze Zeit mit Tim machen?"Ich antworte ihm: „ Wie willst du denn das die nächsten Jahre machen, wenn dir neun Wochen schon zu lang sind?"Pieter handelte mich auf fünf Wochen herunter. Tim flog am Beginn der großen Ferien nach Holland. Nach zwei Wochen rief er weinend an: „ Mama, ich will wieder nach Hause. Nanni, Pieters Frau, ist so gemein zu mir!"Damals hoffte ich, dass der „ Hollandtraum"nun endgültig vorbei sei.

In den Ferien, aber höchstens zwei Wochen in einem Stück, war Tim bei seinem Vater. Es zog ihn immer wieder hin, aber er wollte erst in Wien eine Schulausbildung beenden und danach einen neuerliche Versuch starten, in Holland zu leben.

Ob Tim dort schon mit Cannabis in Berührung kam oder erst in Wien, kann ich nicht beantworten. Er erzählte mir irgendwann- er muss ungefähr sechzehn Jahre alt gewesen sein, dass er sich „ einraucht". Ich fand es nicht so schrecklich. Ehrlich gesagt, war es mir lieber, dass er keinen Alkohol trank wie so mancher andere Jugendliche. Vor allem hoffte ich, dass diese pubertäre Phase bald vorbei wäre. Nie im Leben wäre ich davon ausgegangen, dass mein Sohn auf härtere Drogen umsteigen würde. Wir haben unzählige Gespräche darüber geführt. Ich war immer so stolz darauf, dass Tim und ich so ein gutes Verhältnis zueinander hatten. Wir sprachen täglich lange miteinander, hatten so viel Spaß dabei und führten auch viele tiefgehende Gespräche. Tim sagte oft: „ Ich bin so froh, dass ich so eine liebe Familie habe. Ich muss nicht unbedingt einer bestimmten Gruppierung angehören um mich zu beweisen oder mir einen Familienersatz suchen."Ich war so stolz auf seine vernünftigen Aussagen.

In der Mittelschule und auf der HTL hatte Tim immer denselben netten Freundeskreis, wirklich liebe und nette Burschen und Mädchen. Auf einmal hatte er nur noch den Wunsch eine Lehre zu machen und Geld zu verdienen. Wir waren anfangs nicht sehr begeistert von der Idee. Aber wenn sich Tim mal was in den Kopf gesetzt hatte, war er nicht mehr von seinem Weg abzubringen. Nach einigen Vorstellungsgesprächen fand er eine Lehrstelle ganz in der Nähe unseres Wohnorts bei General Motors beziehungsweise Opel Austria AG, wie es heute heißt, als Elektroanlagentechniker, die er- um es gleich vorwegzunehmen- mit Auszeichnung abschloss. In dieser Zeit änderte sich langsam sein Freundeskreis. Auch das war für mich als wachsame Mutter nichts Ungewöhnliches. Es war klar, sein Leben änderte sich durch die Lehre.

Tim sperrte sich immer öfter in sein Zimmer ein und war häufig nicht dazu zu bewegen herauszukommen. Ich sprach oft stundenlang durch die verschlossene Tür mit ihm und erhielt nur patzige Antworten auf meine Fragen. In dieser Zeit wusste ich oft wirklich nicht mehr weiter. Mein Mann und ich stritten sehr oft wegen Tim. Er meinte, dass ich nicht streng genug sei und ihm zu wenig Grenzen setzte. Es herrschte eine angespannte Atmosphäre in unserem Haus.

Aber wenn ich meine Freundinnen traf, die ähnliches von ihren Kindern im Teenager- Alter erzählten, war ich auch wieder ein wenig beruhigt. Also schob ich sein Verhalten wieder auf die Pubertät.

Als Tim 17 Jahre alt war, meldeten wir ihn für den Führerschein L17 an. Meine Mutter und ich übten abwechselnd mit ihm Autofahren und ein Jahr später bestand er die Prüfung gleich beim ersten Anlauf. Wie freute ich mich, als Tim mich in der Schule anrief und mir erzählte, dass er die Prüfung bestanden hatte! Mein Mann schenkte ihm sein altes Auto, einen in die Jahre gekommenen Lieferwagen. Er hätte sich sowieso zu dieser Zeit ein neues Auto gekauft.

Wir waren so stolz auf unseren Sohn! Ein Jahr später schloss Tim seine Lehre mit Auszeichnung ab. Sein Ziel war es nach Holland zu ziehen und dort zu leben. Ich hatte nichts dagegen einzuwenden. Tim hatte nun eine fertige Berufsausbildung und konnte überall auf der Welt arbeiten. Holland war naheliegend, da er bereits seit einigen Jahren perfekt holländisch sprechen konnte.

Also zog Tim mit Sack und Pack am Muttertag im Jahr 2009 nach Holland zu seinem Vater. An diesem Tag fragte mich Tim sicherlich zehn Mal, ob es mir nichts ausmacht, dass er zu seinem Vater zöge. Ständig schaute er mir tief in die Augen, um doch noch irgendwo eine Träne zu entdecken. Ich wollte meinen Sohn aber wirklich nicht aufhalten. Im Gegenteil, ich wünschte mir, dass er endlich etwas von der Welt sehen und andere Eindrücke sammeln könnte. Ich fand das „Abenteuer Holland" für seine Entwicklung wichtig und wollte ihn leichten Herzens ziehen lassen. Es dauerte nicht einmal zwei Monate, da rief Tim uns weinend an. Sein Vater hatte ihn nach einer Auseinandersetzung so geschlagen, dass Tim auf dem Boden liegen bleib. Damals war ich so wütend auf meinen Ex- Mann, es war unbeschreiblich. Heute denke, dass Tim vielleicht damals schon so Medikamente nahm und sein Vater einfach überfordert war. Ich entschuldige sein Verhalten nicht, ich versuche es nur zu verstehen. Anfang August kam Tim wieder nach Hause. Er sah furchtbar aus, war noch viel dünner geworden. Essprobleme hatte er schon länger, aber so dünn! Ich erschrak sehr, als ich ihn sah. Ab diesem Zeitpunkt war Tim depressiv und hatte überhaupt keine Freude mehr am Leben. Ich redete mit ihm so oft es möglich war, versuchte ihm Zukunftsperspektiven zu eröffnen. Wir schrieben Lebensläufe an Firmen, suchten gemeinsam eine kleine Wohnung für ihn. Kurzfristig kam der „alte Tim" wieder zum Vorschein, als wir ganz in unserer Nähe eine Wohnung fanden. Es machte uns viel Spaß sie einzurichten. Ich half Tim auch nur dann, wenn er es wollte. Seine Freunde unterstützten ihn beim Ausmalen der Wohnung. Tim fand auch immer wieder Jobs um die Miete zu finanzieren.

Im September kam die nächste schreckliche Nachricht. Tim war in einen schweren Autounfall verwickelt. Eine

Dame aus der Slowakei hatte eine „Vorrang geben-Tafel"übersehen und fuhr ungebremst in Tims Auto. Seinen beiden Beifahrern, der Unfallverursacherin und ihm war zum Glück nichts passiert, aber sein heiß geliebtes Auto hatte einen Totalschaden. Heute sehe ich, dass Tim viele Schutzengel hatte. Ihm war nicht klar, dass er an seinem Leben endlich etwas ändern musste. Sämtliche Versuche aus der Medikamentenabhängigkeit herauszukommen waren halbherziger Natur. Einmal erlebte ich wieder eine schreckliche Szene mit Tim. Wir hatten einen Termin bei einem Anwalt wegen Tims Autounfall. Ein Freund hatte uns diesen empfohlen und die Kosten wurden zur Gänze von der Versicherung auf dem Kulanzweg übernommen. Es sollte geklärt werden, ob Tim Teilschuld wegen überhöhter Geschwindigkeit hatte oder nicht. Ich holte Tim von seiner Wohnung ab. Da wirkte er noch völlig normal. Auf dem Weg in die Stadt unterhielten wir uns über das, was wir mit dem Anwalt besprechen wollten. Im Vorzimmer mussten wir noch eine halbe Stunde warten. Tim wurde immer seltsamer. Als wir endlich vorgelassen wurden, fragte der Anwalt meinen Sohn: „ Ihr Name, bitte und Ihre Adresse, bitte."In diesem Moment rutschte Tim neben mir vom Sessel und konnte keine Antwort mehr geben. Er hatte scheinbar vor Angst so viele Medikamente genommen, dass er nicht mehr sprechen und beinahe nicht mehr gehen konnte. Fluchtartig, soweit das mit Tim möglich war, verließen wir die Kanzlei. Ich stammelte nur eine Entschuldigung und ehrlich gesagt, genierte ich mich zu

Tode. Irgendwie schaffte ich es noch Tim in mein Auto zu zerren und fuhr ihn wütend beschimpfend nach Hause. Er hatte aber nichts mehr mitbekommen. Am nächsten Tag rief ich ihn wutentbrannt an und verlangte einen sofortigen Entzug. Tim ging tatsächlich eine Zeitlang zu einer Drogenberatungsstelle und die Situation entspannte sich ein wenig. Mein Mann und ich schöpften wieder Hoffnung. Es war ein ständiges Auf und Ab. Wir besuchten als Angehörige von Drogenabhängigen ebenso die Beratungsstelle, wobei uns die zuständige Dame damals nur beruhigte und meinte: „ Es ist nicht so schlimm wie Sie vielleicht denken. Das wird schon wieder! Ich darf Ihnen außerdem keine Auskünfte über Ihren Sohn geben. Er ist schon erwachsen."Diesen Satz sollten mein Mann und ich in der nächsten Zeit noch öfters hören.

Im November fand Tim einen tollen Job bei einer Alarmanlagenfirma. Er bekam einen Dienstwagen und hatte überall in Österreich Einsätze. Bis Weihnachten lief alles super. Tim war glücklich mit seiner Arbeit und seiner Wohnung. Wir telefonierten täglich miteinander, aber sahen uns höchstens ein bis zwei Mal pro Woche. Am Sonntag kam er zu uns essen und ein Mal in der Woche lud er mich auf einen Kaffee in seine Wohnung ein, auf die er ganz stolz war und die er auch immer sorgfältig zusammen geräumt hatte.

Am Heiligen Abend, der auch gleichzeitig Tims Geburtstag ist, kam er zu uns auf Besuch und war wieder ganz eigenartig. Ich hatte den Eindruck, dass er komplett „stoned"war und sprach ihn darauf an. Er beruhigte mich: „ Mama, reg dich nicht auf. Ich habe nur etwas mit meinen Freunden getrunken. Schließlich ist heute mein Geburtstag."Ich war zwar nicht gänzlich überzeugt, wollte uns aber nicht den Festtag verderben lassen. Wie sich später herausstellte konnte Tim es nicht verkraften, dass sein Vater ihm nicht zum Geburtstag gratuliert hatte. Tim hatte aber wiederum den Kontakt zu seinem Vater seit dem Sommer abgebrochen.

Anfang Jänner rief uns der Chef von Tims Firma an und teilte uns mit, dass Tim an einem Montagmorgen nicht zur Arbeit erschienen war. Wir konnten ihn auch telefonisch nicht erreichen. Keiner seiner Freunde wusste Bescheid. Tim war einfach verschwunden. Ich bat einen Freund, der Polizist ist, um Hilfe. Wir erfuhren, dass Tims Dienstwagen in der Gegend vom Karlsplatz, dem berüchtigten Drogenumschlagplatz, abgeschleppt wurde.

Die Polizei und die Feuerwehr trafen mit meinem Mann, zwei Freunden von Tim und mir gleichzeitig bei Tims Wohnung ein. Nun begann das bange Warten. Nachdem ich keine Schlüssel von der Wohnung hatte, musste die Feuerwehr die Türe aufbrechen. Meine Knie zitterten so stark, dass mir eine Nachbarin eine Sessel und ein Glas Wasser brachte. Ich war überzeugt, wir würden Tim tot in der Wohnung finden. Seine Freunde erzählten mir in der Zwischenzeit- ich bekam alles nur durch einen Nebelschleier mit- wie viele Medikamente Tim nahm. Als endlich, nach langen Minuten die Türe offen war, schaute die Polizei hinein. Entwarnung! Tim war nicht drinnen! Aber der Polizist hielt mich trotzdem zurück und sagte: „Du darfst dir die Wohnung nicht anschauen. Es herrscht ein Chaos wie bei einem Drogensüchtigen! Überall liegen Medikamente und es wurde schon lange nichts mehr weggeräumt."Das war ein neuerlicher Schock für meinen Mann und mich.

Nachdem Tim noch einen weiteren Tag unauffindbar blieb, wir alle eine schlaflose Nacht hatten, beschlossen meine Mutter und ich das Chaos zu beseitigen. Erstens um uns zu beschäftigen und zweitens dachten wir, wir könnten eine Spur zu Tim finden. Der Reisepass befand sich noch in seiner Schublade, ebenso alle Dokumente. In der kleinen Wohnung stank es derartig, die Essensreste klebten überall, überfüllte Aschenbecher quollen über, Berge von schmutzigem Gewand lagen herum. Wir verbrachten den ganzen Tag mit Putzen in der 37m² Wohnung.

Gegen Abend rief mich einer von Tims Freunden an: „Ich habe Tim gefunden. Er ist am Karlsplatz und ist vollgepumpt mit Drogen. Bitte, kommen Sie schnell!" Meine Mutter, mein Mann und ich sprangen ins Auto und fuhren so schnell wir konnten zum Karlsplatz. Ich erkannte meinen Sohn kaum, er torkelte und sah fürchterlich aus. Beinahe hätten wir ihn nicht mehr ins

Auto gebracht. Außerdem wollte er nicht mit uns mit, die Medikamente machten ihn so aggressiv, dass wir unsere Mühe hatten ihn ins Auto zu verfrachten. Meine Mutter schaffte es mit ihrer resoluten Art Tim ins Auto zu zerren. Gegen meinen Mann und mich hätte er sich in diesem Zustand nur gewehrt. Zu Hause, wieder nüchterner geworden, entschuldigte er sich bei uns. Ich überredete Tim, dass er wieder zur Drogenberatungsstelle gehen sollte.

Am nächsten Tag holte mein Mann mit Tim das abgeschleppte Auto ab, regelte Tims Abwesenheit mit seinem Chef, der natürlich nicht die ganze Wahrheit erfuhr. Tim konnte also seinen Job vorerst noch behalten.

Von einem Tag auf den anderen zog ein junges Mädchen in Tims Wohnung ein. Zuerst freute ich mich sehr darüber. „ Ab nun geht's aufwärts", dachte ich. Ich hatte Bianca noch nicht gesehen, als mir schon die ärgsten Gerüchte zugetragen wurden."Oh mein Gott, die ist ja total drüber", erzählte mir die Trafikantin. „Haben Sie um Himmels Willen schon mal Tims neue Freundin gesehen?", raunte mir die Besitzerin des Sonnenstudios zu.

Nun wollte ich mir selbst ein Bild machen und lud Bianca und Tim zu einem Nachmittagskaffee zu uns nach Hause ein. Bianca, ein hübsches Mädchen, konnte sich kaum auf den Beinen halten. Ständig stolperte sie über etwas, was Tim damit erklärte: „ Bianca ist halt aufgeregt und ein bisschen ungeschickt."Außerdem konnte ich sie wirklich kaum verstehen. Sie lallte richtig. Auch das versuchte Tim mir plausibel zu erklären: „ Das kommt vom Zungen - Piercing, Mama."Ich glaubte ihm kein Wort. Und trotzdem hoffte ich und hoffte ich, dass sich alles noch zum Guten wenden würde. Ich traf die beiden kurz darauf alleine in einem Cafe und sie nahmen scheinbar dankbar meine gesammelten Prospekte von Drogenentwöhnungs-stellen entgegen. Bianca war ganz begeistert: „ Ja, Tim und ich werden einen Entzug machen. Wir wollen doch eine gemeinsame Zukunft haben."

Wenn ich heute zurückdenke, verstehe ich gar nicht: Wie konnte ich so voller Hoffnung sein?

Ein paar Wochen später rief mich Tim an: „ Mama, bitte hilf mir", flüsterte er ins Telefon, „mir geht´s so schlecht."Ich raste zur Wohnung. Bianca torkelte blass auf den Gang. Sie ließ mich nicht in die Wohnung. Ich hörte wie Tim im Badezimmer erbrach und würgte und würgte. Als er aus der Wohnung wankte, packte ihn sofort ins Auto und fuhr ins Spital. In der Notaufnahme brach er gänzlich zusammen. Ich bat den Arzt Tim auf Drogen zu untersuchen. Sie hängten ihn an Infusionen und immer wieder verlor er das Bewusstsein. Wir waren sicher fünf Stunden dort. Nachdem die Labortests fertig waren, rief mich der Arzt zu sich. Tim schlief und bekam nichts mit. Nachdem mein Sohn bereits volljährig war, hätte mir der Arzt ohne sein Einverständnis nichts sagen dürfen.

Der Doktor sagte mir: „Die Tests ergeben, dass Ihr Sohn außer Heroin und Kokain wirklich alles nimmt."Die Liste war unendlich lang: Cannabis, Opiate und vieles mehr. Die meisten Namen der Medikamente kannte ich gar nicht. Der Arzt veranlasste, dass Tim in die psychologische Abteilung gebracht wurde. Eine Psychologin führte mit ihm ein einstündiges Gespräch. Die Quintessenz war: Wenn er so weiter macht, wird er sterben. Ich glaube, das hat Tim kurzfristig wachgerüttelt.

Einige Wochen lang konnten mein Mann und ich wieder ein bisschen durchatmen. Die Situation entspannte sich wieder. Tim arbeitete wieder regelmäßig und wir hatten den Eindruck, dass er keine Medikamente zu sich nahm. An einem Tag im März rief mich Tim wieder völlig verzweifelt an: „Bianca ist verschwunden. Sie hat alle ihre Sachen mitgenommen und ist ausgezogen. Ich weiß nicht wo sie ist."Tim kam zu uns, er war wieder einmal voll mit Drogen. Es war ein Sonntagnachmittag, er war so schlecht beinander, dass er nicht einmal das Besteck beim Essen halte konnte. Es fiel ihm beinahe der Kopf in den Teller. Er konnte gar nichts mehr, nicht essen, nicht sprechen. Auf meine Frage: „Tim willst du eigentlich noch leben?", gab er mir keine Antwort und zeigte auch sonst keinerlei Reaktion.

Mein Mann und ich redeten stundenlang auf ihn ein: „Du musst auf Entzug gehen, Tim. Das geht so nicht weiter. Dein Körper macht das nicht mehr lange mit. Denk auch an deinen Herzfehler." Wir holten den Laptop von meinem Mann und suchten nach stationären Einrichtungen für Drogenabhängige. Tim ließ sich überreden bei uns zu bleiben bis wir am Montag ein Bett im Anton Proksch Institut bekommen hatten. In dieser Nacht konnte ich kaum schlafen. Tim lag auf zwei Matratzen im Nebenzimmer, er stöhnte und schwitzte. Ich war verrückt vor Angst. Gleich am nächsten Morgen kontaktierten wir das Institut. „Ja, kommen Sie gleich mit Ihrem Sohn vorbei", sagte der Portier am anderen Ende der Leitung. Tim wollte noch schnell Kleidung und ein paar persönliche Dinge aus der Wohnung holen. Ich wollte Tim keine Sekunde mehr aus den Augen lassen. Zu groß war die Angst, dass er sich etwas antun könnte. Tim stand inmitten seiner Wohnung und wusste nicht was er tun sollte. Ich hatte das Gefühl, als seien alles Leben und jeglicher Lebenswille aus seinem Körper gewichen. Also packte ich einige Sachen in eine Tasche und wir fuhren so schnell wir konnten nach Kalksburg ins Anton Proksch Institut. Mein Mann gab seinem Chef Bescheid, der sich erst einmal verständnisvoll zeigte. Im Institut angekommen, sagte man uns: „ Na, ohne Einweisung eines Arztes von unserer Ambulanz können Sie keinen

Therapieplatz bekommen." Wir waren wie vor den Kopf geschlagen. Mein Sohn torkelte blass neben uns umher, jede Stunde des Wartens war eine Qual. Die Ambulanz im 4. Bezirk öffnete erst um 16 Uhr. Auf der Straße, im Kaffeehaus, überall starrten die Leute meinen Sohn an. Er sah aus, als würde er jeden Moment umkippen. Mit einer Größe von 1m 82cm wog er nur mehr knappe 50 Kilogramm. Seine Schritte waren die eines alten Mannes.

Endlich wurden wir in der Ambulanz zu einer Ärztin vorgelassen. Sie sagte uns: „Im Juni habe ich noch einen Platz für Sie."Ich fing an zu weinen und ich glaube, Tim auch. Die Ärztin spürte nun doch unsere Verzweiflung: „ Versuchen Sie morgen in der Früh noch einmal einen Platz zu bekommen."Wir kehrten also unverrichteter Dinge heim und erlebten wieder eine schlaflose Nacht. Am nächsten Tag in der Früh, endlich Entwarnung: „ Ja, Ihr Sohn bekommt ein Bett bei uns. Kommen Sie so schnell wie möglich!"

Wir rasten also wieder vom 22. In den 23. Bezirk. Gott sei Dank wurde Tim aufgenommen. Die Ärzte und Schwestern sprachen aber nicht mit meinem Mann und mir. Als Eltern bekommt man keine Auskunft. Mein Sohn war schon zwanzig Jahre alt, also erwachsen. Als Angehörige erfährt man nichts und das ist das Schlimmste überhaupt. Wir ließen Tim nach langer Verabschiedung, einerseits schweren Herzens, andererseits auch erleichtert zurück.

Es folgten zehn Tage, an denen mein Mann und ich täglich auf Besuch nach Kalksburg fuhren. Wir schöpften wieder Hoffnung. Stundenlang spielten wir Karten mit ihm oder unterhielten uns. Auch meine Eltern kamen oft auf Besuch zu Tim. In der Zwischenzeit fand ich für meinen Mann und mich eine Gruppe für Angehörige von Drogen- und Medikamentenabhängigen. Wir fühlten uns dort sehr schnell verstanden und die Gruppe gab uns den Halt täglich weiterzumachen. Es waren nur Frauen dort, die jahrelang dasselbe Schicksal wie wir teilten. Andy war der einzige Mann. Ich fragte mich oft: „Wo sind eigentlich die Väter von drogenabhängigen Kindern?"Alle Mütter erzählten die gleichen Geschichten. Manche hatten diese Probleme schon jahrelang und ihre Söhne oder Töchter bereits in Obdachlosen-heimen. Wir erfuhren Dinge, die uns wirklich zum ersten Mal die Augen öffneten. Eine Chance auf Heilung, speziell bei einer Medikamentenabhängigkeit, liegt bei ungefähr sechs bissieben Prozent! Wir waren schockiert. Wir erhielten Tipps vom Therapeuten: „Gebt euren Kindern kein Geld mehr, seid konsequent, setzt ihnen Grenzen und vieles mehr."Zum ersten Mal seit einem Jahr hatten wir wirklich das Gefühl an der richtigen Stelle gelandet zu sein.

Ich sprach auch mit unserer Hausärztin, die Tim von Geburt an kannte und sehr schätzte, über die Drogenproblematik. Sie sagte mir damals: „ Tim ist so ein toller Bursche. Der schafft das schon. Machen Sie sich keine Sorgen. So schnell stirbt man nicht."Diesen letzten Satz habe ich heute noch im Ohr.

An einem Mittwoch, zehn Tage, nach Tims „Einlieferung" kam ein Anruf von ihm: „ Ich gehe nach Hause. Ich halte es nicht mehr aus."

Alle Überredungskünste unsererseits verhallten ungehört. „Gegen seinen Willen können wir ihn nicht festhalten", sagten die Ärzte, „ hier sind alle nur freiwillig. Ihr Sohn ist erwachsen."Mein Mann und ich überlegten alle Möglichkeiten. Bis zur Entmündigung unseres Sohnes spielten wir die Szenarien durch. Heute weiß ich, das ist unmöglich.

Nun wurde es täglich schlimmer mit Tim. Er hatte seinen Job- entgegen der ersten Reaktion seines Chefs- verloren. Im Gegenteil, sein Vorgesetzter hatte mir noch eine wirklich grauenhafte Szene gemacht, als ich die Krankmeldung in die Firma bringen wollte. Er schrie mich an, dass er ja nun wirklich nichts dafür könne, dass ich so einen schrecklichen Sohn hätte und bei dieser Erziehung ja scheinbar alles falsch gemacht hätte! Damals lief ich weinend aus dem Büro. Noch nie hatte ich mich so gedemütigt gefühlt.

Tim war nun fast ständig bei uns zu Hause. Während ich in der Schule unterrichtete, kümmerte sich meine Mutter um ihn, ging mit ihm spazieren oder einkaufen.

Ich half Tim Stellenangebote zu beantworten. Tim meldete sich beim AMS arbeitslos. Ich überredete ihn, wieder Kontakt mit seinen früheren Freunden aufzunehmen, was er dann auch freudig tat. Im Mai feierten wir den 70. Geburtstag meiner Mutter bei uns zu Hause. Ich hatte alle Freunde meiner Mutter, ungefähr vierzig Personen, eingeladen. Tim kam auch zu der Feier.

Er servierte Getränke und unterhielt sich mit den älteren Leuten. Alle waren begeistert: „ So ein lieber, netter, junger Mann!"Es war ein wunderbarer Abend, wir genossen ihn sehr. An diesem Abend entstand das letzte gemeinsame Familienfoto. Nur wussten wir das damals noch nicht.

An einem Sonntag im Juni, es war Vatertag, fuhr Tim mit meinem Mann und mir mit den Fahrrädern auf die Donauinsel. Wir waren überglücklich. Tim wirkte ausgelassen und zeigte wieder Lebensfreude und Energie. Mit den Rädern machten wir kleine Wettrennen und genossen unseren Ausflug. Zum Abschluss kehrten wir in ein Lokal auf der Donauinsel beim Wasserskilift ein. Wir unterhielten uns über alles Mögliche und fühlten uns erstmals seit langer Zeit wieder wie eine glückliche Familie. Beim Heimfahren sagte mein Mann noch zu mir: „Ich glaube, jetzt hat es Tim geschafft. Er hat seinen Lebensmut wieder gefunden."

Ein oder zwei Wochen später fand das Donauinselfest statt. Tim wollte mit Freunden hingehen und wir bestärkten ihn darin. Am nächsten Tag kam ein Anruf. Tim hatte auf dem Fest seine Ausweise, seinen Führerschein und seine Geldbörse verloren. Er war wieder in einem Zustand in dem er nicht wusste was er tat. Sein einziger fahrbarer Untersatz, sein Fahrrad, das ich vor kurzem um hundertfünfzig Euro reparieren ließ, war gestohlen worden oder hatte er es verkauft?

Ich war am Boden zerstört. Alle Hoffnung war wieder dahin. Wir drehten uns ständig im Kreis – Hoffnung. Zerstörung, Hoffnung, Zerstörung….

In der Selbsthilfegruppe beruhigte man uns immer wieder. Das sei normal bei Drogenabhängigen. Dieses „Auf und Ab"gehöre einfach zu dem Krankheitsbild.

Kurz vor Schulschluss kam Tim zu mir. Er wollte mit meiner Hilfe Bewerbungen schreiben. An diesem Tag war er in einem unbeschreiblichen Zustand. Er konnte kaum mehr gehen, er wankte und schwankte. Ein Freund kam ebenfalls vorbei und wollte Tim sein uraltes verrostetes Auto verkaufen. Tim flehte mich lallend an: „ Bitte, Mama kauf mir das Auto."

Ich bestand darauf, dass er einen Drogentest machen müsse. Jede Woche sollte er mir Teststreifen mit einer Harnprobe abgeben. Tim rief sogar gleich in einem Institut für Drogenberatung im dritten Bezirk an. Dort sagte man ihm, dass er sich für ein Programm aufnehmen lasse müsse. Er setzte sich an meinen Schreibtisch und schrieb folgende Zeilen: Liebe Mama, ich verspreche dir bei meinem Leben, dass ich keine Drogen mehr nehmen werde, wenn ich dieses Auto bekomme, unterzeichnet am 29. Juni 2010.

Mir läuft es heute noch wie ein Schauer über den Rücken, wenn ich an diese Worte denke. Natürlich habe ich ihm dieses Auto nicht gekauft. Meine Angst wäre zu groß gewesen, dass er mit dieser Rostschüssel und in seinem Zustand einen Unfall verursacht hätte. Und trotzdem hatte ich wieder einmal Hoffnung, dass er einen Entzug machen würde, nur um wieder mit einem Auto fahren zu können. Er verabschiedete sich mit einer fürchterlichen Beschimpfung mir gegenüber, weil ich nicht nachgegeben hatte. Gott sei Dank, waren das nicht die letzten Sätze, die ich von ihm gehört hatte.

Am nächsten Tag traf ich Tim zufällig bei meinen Eltern, wo er wieder einmal Geld schnorren wollte. Zuerst beachtete er mich gar nicht. Er flehte seine Großeltern an, er bräuchte Geld für die Bowling- Bahn. Mittlerweile wussten wir alle Bescheid, dass er gar nie zum Bowling ging. Das war wieder nur eine Ausrede für den Kauf von Drogen. Diesmal blieben meine Eltern standhaft. Sie gaben ihm kein Geld. „Sag uns bitte die Wahrheit, Tim. Wofür brauchst du das Geld?", fragte ich ihn. Es stellte sich heraus, dass er ein Rezept für

Drogenersatz von einem neuen Arzt verschrieben bekommen hatte. Es war der 1. Juli. Tim konnte also bei Quartalwechsel einen anderen Arzt aufsuchen. Meine Mutter bat mich noch schnell, kurz vor 18 Uhr, mit Tim in die Apotheke zu fahren um das Medikament zu besorgen. Im Auto versprach mir Tim, dass er sich um Oma und Opa während meiner Abwesenheit kümmern wollte. Er wollte den Rasen mähen und für meine Eltern einkaufen gehen. Mein Mann und ich hatten schon länger unsere Reise nach Kroatien geplant. Am nächsten Tag war Schulschluss und wir wollten gleich wegfahren.

Zehn Minuten vor Geschäftsschluss erreichten wir „Tims Apotheke". Ich wusste nicht, dass Drogenabhängige immer in eine bestimmte Apotheke gehen und vor den Augen der Angestellten das Medikament sofort einnehmen müssen. Die Dame, die uns bediente war sehr ungehalten, dass Tim so spät noch um seine „Dosis"kam. Sie sagte nur: „ Warum ist das heute die doppelte Menge als beim letzten Mal? Das ist doch viel zu viel!"– Tim gab zur Antwort, dass der Arzt das so verordnet hätte. Ich war zwar sehr verwundert, dachte jedoch: Der Arzt wird´s schon wissen. Ich fragte ihn noch: „ Warum Methadon? Du hast doch immer ganz andere Medikamente verordnet bekommen. Ich dachte immer, Methadon bekommen nur Heroinabhängige."

Vor der Apotheke verabschiedete ich mich von Tim. Er wollte gleich nach Hause um seine Wohnung aufzuräumen. Es war das letze Mal, dass ich ihn sah und umarmen durfte.

Ich musste um halb sieben in der Gesprächsgruppe von der Drogenberatungsstelle sein. Welche Ironie! In der Zwischenzeit starb mein Sohn…. Das wusste ich noch nicht.

Am nächsten Tag war in der Schule Zeugnisverteilung. Schon in der Früh hatte ich eine banale Auseinandersetzung mit einer jungen Kollegin. Mein Nervenkostüm war nicht mehr das Beste. Ich begann während unserer Diskussion zu weinen und konnte nicht mehr aufhören. Vielleicht habe ich schon etwas geahnt? Ich weiß es nicht.

Juli 2010

Am Nachmittag packte ich unsere Koffer für den Urlaub und versuchte Tim unzählige Male anzurufen. Er ging nie ans Telefon. Aber das war nichts Ungewöhnliches. Es war jedes Mal so, wenn mein Mann und ich wegfahren wollten. In der Nacht von Freitag auf Samstag konnte ich kein Auge zutun. Ich lief zu Hause im wahrsten Sinn des Wortes im Kreis. Diese Nacht war so furchtbar für mich. Noch wusste ich nicht warum.

Am Samstagmorgen fuhren wir ganz zeitig Richtung Süden, im Schlepptau einen Wohnwagen, den wir uns sehr kurzfristig von Andys Freunden ausgeborgt hatten. Die ganze Fahrt war mir so schlecht. Ich hatte das dringende Bedürfnis wieder nach Hause zu fahren. Aber dann dachte ich: Was soll schon passiert sein? Ständig versuchte ich Tim zu erreichen. Ich hatte Angst, verdrängte sie jedoch wieder. In mir stritten die widersprüchlichsten Gefühle. Tim hatte bis dahin immer wieder versucht uns Urlaube zu „ vermiesen", nur mitfahren wollte er auch nicht.

Am Sonntag rief mich Tims Freundin Tamara an. Sie war nicht direkt Tims Freundin, sondern eher die Freundin seines Freundes. Die drei führten meines Erachtens eine ungesunde Dreiecksbeziehung. Einmal war Tamara mit Tim zusammen, einmal mit seinem Freund. Tim litt sehr darunter. Ich sagte ihm oft, dass er sich doch neue Freunde suchen oder seine ehemaligen Freunde wieder kontaktieren sollte. Oft flehte ich ihn an: „Tim, bitte, diese Leute tun dir nicht gut."Doch wie so oft hörte er nicht auf meine Ratschläge und mein Flehen.

Tamara war ganz aufgeregt, sie könne Tim nicht erreichen. Da schlugen bei mir die Alarmglocken! Bei Tamara ging er immer ans Telefon. Ich rief sofort meine Mutter in Wien an: „ Mama, bitte fahr´ in Tims Wohnung. Ich glaube, es ist etwas passiert!"

Meine Mutter, die ja auch schon Tims Unzuverlässigkeit und seine Trotzreaktionen kannte, nahm mich überhaupt nicht ernst. „ Es ist doch so heiß in Wien. Es hat 40 Grad. Was soll Tim denn bei dieser Hitze in seiner Wohnung tun?", sagte sie eher gelangweilt. Mittlerweile schrie ich schon ins Telefon: „Mama! Wenn er tot ist, ist es doch egal ob es heiß ist oder nicht!!!"Meine Mutter antwortete tatsächlich: „ Na, jetzt fahren der Papa und ich nicht in die Wohnung. Es ist viel zu heiß. Wir fahren erst am Abend."Auf dem Campingplatz, wo mein Mann und ich Urlaub machten, lief ich auf und ab. Ich rauchte eine Zigarette nach der anderen und versuchte mich irgendwie zu beruhigen.

Am frühen Abend -nach nie enden wollender Wartezeit- kam der Anruf meiner Mutter und für mich die Gewissheit, mein über alles geliebtes Kind ist tot. Ich weiß nicht mehr was ich genau fühlte. Ich kann diesen Schmerz nicht beschreiben. Die Welt müsste doch stehen bleiben. Doch die Sonne schien noch, aber nichts ist mehr so wie es war und es wird auch nie wieder so sein. Der Schock packte mich in Watte. Reflexartige Handlungen setzten ein, Koffer packen, alles ins Auto räumen. Ich glaube, ich habe nicht einmal geweint. Ich weiß es nicht mehr. Das Schreien meines Mannes im Hintergrund, als ich ihm mitteilen musste, dass Tim nicht mehr lebt, alles wie in einen Schleier gehüllt- weit, ganz weit weg. So schnell wir konnten fuhren wir nach Wien zurück, die ganze Nacht fuhr mein Mann durch. Irgendwo auf der Strecke musste Andy anhalten und eine kurze Pause einlegen. Um vier Uhr in der Früh kamen wir zu Hause an. An diese Fahrt kann ich mich nicht mehr wirklich erinnern. Der unbändige Schmerz setzt sich im Körper fest und man funktioniert nur noch und wundert sich trotzdem wie man gehen und sprechen kann. In den frühen Morgenstunden informierte ich alle Freunde und Bekannte, um mein Leid zu teilen, um beschäftigt zu sein, um irgendetwas zu tun. Nichts tun ist einfach das Schlimmste in dieser Situation. Nur in Bewegung bleiben, nur keine Nachdenkpausen, Koffer auspacken, wegräumen, umräumen, das war mein innerer Motor. Danach fuhren wir zu meinen Eltern, die ebenso eine schlaflose Nacht wie wir hatten.

Wir umarmten uns still und stellten uns dann immer wieder dieselben Fragen: Wieso? Warum? Meine Mutter, die das schwerste Los von uns allen gezogen hatte, da sie Tim tot sehen musste, schien um Jahre gealtert. Tim lag schon drei bis vier Tage tot in seiner Wohnung und das bei dieser Hitze. Er muss schon teilweise verwest gewesen sein. Er saß auf seiner Bank, mit blauen Lippen, in seiner aufgeräumten Wohnung. Nie wird sie diesen Anblick vergessen, immer wird es in ihr Gehirn eingebrannt sein, dieses Bild ihres toten Enkelkindes. Fragen über Fragen stürmten auf mich ein: Wird sie es jemals verkraften? War es das Beste für Tim? Wäre er überhaupt von seiner Sucht losgekommen? War er alleine, als es passierte? War jemand anderer Schuld daran? War es eine Überdosis? Wo ist er jetzt? Bettina, Gedanken ordnen, vernünftig denken. Ruhig bleiben, logisch denken. Zuerst einmal bei der Polizei anrufen, fragen, was passiert ist. Herausfinden, in welcher Gerichtsmedizin Tim liegt. Seinen leiblichen Vater in Holland anrufen und ihm die furchtbare Mitteilung überbringen. Das hat glücklicherweise mein Mann übernommen. Ich hätte es nicht können.

Tims Vater drehte völlig durch und kam sofort mit seiner Familie von Holland nach Wien, um sein totes Kind noch einmal zu sehen. Das wurde ihm aber von den Gerichtsmedizinern verwehrt, da Tims Körper schon in einem so schlechten Zustand war, dass ihn niemand mehr sehen durfte. Nach einem langen Gespräch mit meinem Mann fuhr er unverrichteter Dinge wieder zurück. Ich wollte Tims Vater nicht mehr sehen.

Die Tage danach...

Die Tage nach Tims Tod sind in Nebelschleier gehüllt. Ich weiß nur, dass wir sehr lange auf die Freigabe der Gerichtsmedizin gewartet haben. Die vielen Amtsbesuche, wie die bei der Polizei und beim Notar, ebenso die Löschung seiner Konten, die Rückgabe seiner Wohnung, alles erfolgte mechanisch und wie von Geisterhand. Ich rief auch in der Ordination bei dem Arzt an, der Tim das Rezept mit 80mg Methadon ausgestellt hatte, an. Die Sprechstundenhilfe sagte mir: „ Es tut mir leid. Der Herr Doktor ist sehr beschäftigt. Kann Ich etwas ausrichten?"– „ Ja", antwortete ich, „ Richten Sie dem Herrn Doktor bitte aus, dass mein Sohn nach der Einnahme von 80mg Methadon, die er ihm verschrieben hat, verstorben ist."Die Dame sagte ohne jegliche Regung: „ Das tut mir aber leid:"Ich fragte sie noch: „ Warum hat ihm der Arzt überhaupt Methadon verschrieben?"– „ Ja, wissen Sie, Ihr Sohn war erwachsen und ein mündiger Mensch. Wenn er meint, dass er so ein Medikament braucht, bekommt er es auch."Ich war zwar unglaublich geschockt, gab aber nur mehr zur Antwort: „Ich möchte nur, dass der Arzt das nie wieder macht. Es soll keinem anderen Jugendlichen mehr passieren."Dann legte ich den Hörer vom Festnetztelefon auf und hatte das Gefühl als würde alle Energie aus mir weichen. Ich hatte keine Kraft mehr. Es vergingen einige Tage, an denen ich mich nur wie in Trance fortbewegte. Mehrmals rief ich in der Gerichtsmedizin an.

Das Gebäude war gerade im Umbau und es wusste niemand Bescheid. Ständig wurde ich vertröstet. Es war furchtbar.

Endlich kam die erlösende Nachricht: „Sie bekommen den Totenschein ausgestellt. Es war kein Fremdverschulden."Den Totenschein und den Obduktionsbericht sah ich aber nie. Mein Mann und ich konnten beim Bestattungsinstitut einen Termin vereinbaren. Ich hatte das Gefühl als ob Tim immer neben mir wäre. Er war es, der die Urne aussuchte. Blau, seine Lieblingsfarbe, mit Sternen sollte sie sein. Er flüsterte mir zu, dass er niemals auf einem Friedhof beerdigt sein wollte. Ich beschloss sofort, mein Kind mit nach Hause zu nehmen. Zuerst mussten noch viele Formalitäten erledigt werden. Aber auf allen Ämtern waren die Leute so freundlich und entgegenkommend zu mir. Viele weinten mit mir, als sie hörten, dass mein Sohn erst zwanzig Jahre alt war. Ich erhielt die Erlaubnis für eine private Begräbnisstätte.

Wir organisierten eine Aufbahrung im engsten Familienkreis, nur für meine Eltern, meinen Mann und mich. Eine halbe Stunde vor uns durfte die holländische Familie Abschied nehmen. Ich wollte niemanden mehr treffen. Dieser Tag war für mich der Schwierigste. Ich kaufte mir homöopathische Beruhigungsmittel um überhaupt zum Friedhof fahren zu können. Ich hatte den Eindruck, dass mich meine Beine nicht mehr tragen konnte. Auf einmal hörte ich laut und deutlich Tims

Stimme: „ Mama. Wo bist du? Kannst du mich hören?"Es war unser Lied aus dem Musical Elisabeth, das Tim mir öfters vorsang als er noch jünger war. Ich musste beinahe lachen. Tim meldete sich immer wieder bei mir, überhaupt wenn ich sehr traurig war.

Ich fuhr also zum Asperner Friedhof und dort sah ich die holländische Familie und die holländischen Freunde, wie sie gerade die Aufbahrungshalle verließen. Für mich ergab das ein richtiges Bild- es war auch ein Abschied von ihnen. Meine Eltern, mein Mann und ich saßen alleine zwischen den Reihen vor dem Sarg – sicher eine halbe Stunde lang.

Während mein Sohn in dem einfachen Holz -Sarg in der Aufbahrungshalle lag, spürte ich nichts mehr. Es ist, als ob man in Watte gepackt ist. Es dringt nichts zu einem durch. Du schaust dir mit einem gewissen Abstand selbst zu. Gott sei Dank hält die Natur diesen Schutzmantel für uns bereit, sonst wären die seelischen Schmerzen vermutlich nicht auszuhalten.

Tim „ verschwand"sozusagen hinter einem Vorhang und wurde zur Verbrennung zum Zentralfriedhof transportiert. Ich wusste nicht einmal den Tag, an dem dies geschehen sollte. Ich wollte es nicht wissen. Auf den Einäscherungspapieren las ich später: 21. Juli 2010. Einige Tage später erhielt ich den Anruf: „ Die Urne sei abholbereit." Mein Mann wollte unbedingt mitkommen. Zuerst sah ich die Notwendigkeit nicht.

Aber als wir in diesem alten, muffig riechenden Büro am Zentralfriedhof ankamen und mir eine Dame ohne Worte die Urne in einem Karton unter den Arm drückte, so wie man ein Baby hält. So hatte ich Tim immer getragen als er noch klein war. Da war es mit meiner Fassung vorbei. Ich weinte und weinte. Ich war so dankbar, dass mein Mann für mich da war. Ich hätte gar nicht mehr Auto fahren können. Mein Mann schnallte den Karton vorsichtig auf der Rückbank an. Das hätte ich auch getan, mein Kind anzugurten. So brachten wir unseren Tim wieder nach Hause zurück.

Ich kaufte ein hübsches Regal für die Urne und stellte sie in Tims ehemaliges Kinderzimmer, das jetzt mein Arbeitszimmer ist. Jeden Tag wünsche ich meinem Sohn einen guten Morgen und führe Gespräche mit ihm. Am Anfang stellte ich alle Beileidsschreiben auf und dekorierte das Zimmer mit seinen Fotos. Gegen meinen unbändigen Schmerz las ich unzählige Bücher über das Leben nach dem Tod. Und siehe da, es tröstete mich wirklich. Ich habe Gott sei Dank immer schon daran geglaubt, dass die Seele noch weiterlebt. Auf der Pädagogischen Akademie schrieb ich bereits meine Diplomarbeit über „ Das Leben nach dem Tod aus medizinischer und theologischer Sicht"und zwar im Gegenstand Religion, obwohl ich mich nicht als religiös bezeichne. Je mehr ich aus diesen Büchern erfuhr, desto mehr wurde ich in meinem Glauben bezüglich Sterben und in einer anderen Form zu existieren bestärkt. Ich kam oft traurig nach Hause und hatte den

Eindruck, dass Tim regelrecht auf mich wartete. Ich sah ihn natürlich nicht in seiner leiblichen Form, aber es zogen Nebelschleier in Körperformation durch unser Haus. Am Anfang hatte ich sogar das Gefühl, dass Tim nicht einmal wahrhaben wollte, dass er schon gestorben war. Ich sprach mit vielen Menschen über meine Wahrnehmungen und die meisten erzählten mir von ähnlichen Erlebnissen, als ihre Angehörigen verstorben waren.

Schmetterlinge

Im Sommer saß ich oft traurig im Garten. Je betrübter ich war, umso öfter kamen Schmetterlinge, die um mich flatterten und manchmal setzte sich einer von ihnen auf meinen Unterarm. Ich fühlte mich sehr getröstet, hatte jedoch keine Ahnung von der „Wandlung des Lebens", wie ich es erst später im Internet nachlas. Meine Freundin Uschi rief mich von ihrem Urlaub aus Kärnten an und erzählte mir ganz aufgeregt, dass sie ihren Lieblingsplatz aufsuchte und ganz intensiv an Tim und ihren verstorbene Vater dachte. Da ließ sich ein wunderschöner blauer Schmetterling auf ihrem Arm nieder. Intuitiv dachte sie sofort an Tim, der von ihr Abschied nehmen wollte. Sie war sehr gerührt. Sonst ist meine Freundin ein sehr realistischer Mensch und glaubt nur das, was sie wirklich sieht. Für sie war das ein einmaliges Erlebnis. Das bestärkte mich darin „ Schmetterlinge- die Verwandlung des Lebens"zu „ googlen". Ich war sehr erstaunt, dass sich in der chinesischen Mythologie Verstorbene in Form von Schmetterlingen zeigen. Bei Wikipedia fand ich folgende Zeilen: „ In der griechischen und römischen Mythologie wurde die sterbliche Seele von Gott vom Tod befreit, und in der mythologischen Darstellung erscheint sie oft mit Schmetterlingsflügeln. Vom Tod erlöst konnte sich die Substanz von ihrer Totenhülle befreit, frei in den Himmel erheben."Es bestätigte mich umso mehr – ich bilde mir das alles nicht ein! Zwischen Himmel und Erde gibt es so viel was wir nicht wissen, sondern nur erahnen können.

Jetzt habe ich den Eindruck, dass Tims Seele nicht mehr so sehr mit der Nähe der Erde verbunden ist. Wenn ich ihn rufe, kommt er. Aber ich sehe immer öfter Lichtreflexe und freue mich, dass mein Kind den Weg ins Licht gefunden hat.

Als mein Mann und ich Tims Spiele von früher vom Dachboden holten, fand ich beinahe in jedem Karton ein kleines Briefchen von meinem Sohn: „Mama, ich liebe dich so sehr. Mama, du bist die beste Mami auf der ganzen Welt." Als ob mein Sohn schon immer gewusst hätte, dass er mich früher verlassen wird. Ich nahm die Spiele in die Schule mit und freue mich täglich darüber mit welcher Freude die Kinder meiner Klasse damit spielen. Tim ist dann immer präsent.

Liebe Mama ich hab dich ganz ganz lieb
ich hab dich unendlisch lieb

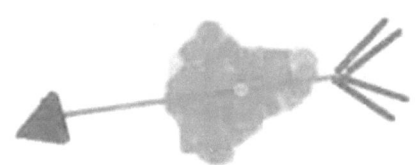

Liebe Mama ich liebe Dich schldrhor!
Danke für ALLES!!!!!
Busssi Busssi Busssi Busssi und noch
viel viel mehr!!!
Bussiwell!!!

Das Umfeld veränderte sich

Nach ungefähr einem Jahr fiel der „Wattemantel" langsam von mir ab. Ich sage nicht, dass der Schmerz weniger wird, aber erträglicher. Es gibt nun ein Leben „danach"und ein Leben „davor". So habe ich innerlich meine Zeit auf dieser Erde benannt. „ Davor"bedeutet vor Tims Tod und „ danach"bedeutet die Zeit nach Tims Todestag. Ich lebe wirklich sehr gerne und genieße jeden Tag. Tim ist in meinem Alltag integriert. Ich arbeite, so wie im Augenblick, an meinem Computer. Die Urne steht neben mir auf dem Regal, drei Kerzen brennen vor seinem Foto und ich halte Zwiesprachen mit meinem über allem geliebten Kind. An meiner Liebe zu ihm wird sich nie etwas ändern. Im Gegenteil – die Verbindung und meine Zuneigung zu ihm wird von Tag zu Tag stärker, daran wachse ich und schöpfe Kraft für mein tägliches Leben.

Ich durfte zwanzig Jahre lang ein Kind haben. Ich habe alles erlebt: Die Geburt, das Krabbelalter, das Gehen lernen, die Kindergartenzeit, die Schulzeit, den Abschluss der Lehre mit ausgezeichnetem Erfolg und den Führerschein. Ich habe Freundinnen, denen es nie vergönnt war Kinder zu haben und ich bin wirklich dankbar, dass ich es erleben durfte.

In meinem Freundes- und Bekanntenkreis traf ich auf viel Verständnis, aber auch oft auf seltsame Fragen. Unter anderem sagte einen Freundin zu mir:

„Was wirst du antworten, wenn dich jemand fragt ob du Kinder hast? Wirst du dann sagen, dass du keine hast?"Ich war damals sehr schockiert. Warum sollte ich mein Kind verleugnen? Ich spreche gerne über meinen Sohn. Dieselbe Freundin fragte mich auch, ob es für mich nicht furchtbar wäre, nie Großmutter zu werden. Natürlich ist es nicht einfach seinen Lebensplan zu ändern. Aber wer sagt mir, dass Tim jemals Kinder gezeugt hätte. Ich finde, das sind Fragen, die man niemanden in dieser Situation stellen sollte. Überhaupt trennte sich in dieser Zeit mein Freundeskreis wie der Spreu vom Weizen. Auf einmal wurden mir gute Freunde fremd und zu einigen Bekannten wurde die Beziehung umso inniger. Ich umgebe mich viel öfter mit Menschen, die gerne tiefsinnige Gespräche führen. Für oberflächliches Geplänkel und Smalltalk empfinde ich meine Zeit zu kostbar. Das klingt nun vielleicht etwas überheblich, aber mein Leben hat sich einfach von Grund auf verändert. Ich spüre genauer in mich hinein. Und versuche nur mehr das zu tun, was mir wirklich gut tut. Dazu gehört auch, dass ich auf andere Menschen zugehe und mit Gesprächen und meiner Hilfe für sie da bin. Das Leben ist so wertvoll und kostbar geworden. Ich achte genauer auf meine Bedürfnisse und höre auf meine innere Stimme. Ich beschäftige mich mit Energiearbeit, Yoga und Meditation. Heute bin ich viel ausgeglichener als früher. Vor allem kann mich nichts mehr so leicht aus der Bahn werfen, denn das Schlimmste das mir geschehen konnte, ist bereits passiert. Ich habe mein einziges Kind verloren.

Ich habe oft nicht verstanden, wie einige Mitmenschen auf meinen Verlust reagierten. Manche Nachbarn wechselten die Straßenseite, als sie mich erblickten und wichen mir ganz offensichtlich aus. Ist es wirklich so schwer mit den Angehörigen von Verstorbenen zu sprechen? Ich habe nicht erwartet, dass mich jemand in den Arm nimmt und mich tröstet. Aber selbst meine direkte Nachbarin hat mir bis heute – zwei Jahre später- niemals kondoliert. Das kann ich ihr nicht verzeihen. Ich konnte sie aber vorher auch schon nicht leiden.

Ich habe oft darüber nachgedacht, warum es für manche Menschen so schwer war, mit mir über den Tod meines Sohnes zu sprechen. Heute glaube ich die Antwort zu wissen. Alle haben Tränen in den Augen und denken an ihre eigenen Familienmitglieder, die sie ja auch jederzeit verlieren könnten. Einige wenige haben wirklich Mitleid und Mitgefühl.

Am Schlimmsten fand ich die abgedroschene Phrase: „Mein herzliches Beileid!" Ein Bankangestellter rief mir kurz nach Tims Tod im Foyer lautstark und im Wiener Dialekt nach: „Gnädige Frau, mein Beileid! Hätt ´ich beinah vergessen!" Ich fühlte mich so verletzt und gedemütigt.

Ebenso furchtbar war die Erfahrung mit Tims Telefonanbieter. Tim war schon einige Wochen tot und ich musste mich mit unzähligen Telefonaten

herumschlagen. Die jeweiligen Angestellten des Call-Centers verlangten immer wieder die Sterbeurkunde von meinem Sohn. Tim erhielt noch Wochen nach seinem Tod Post von der Telefongesellschaft: Lieber Herr van Essen, wollen Sie sich die Kündigung nicht noch einmal überlegen.
Diese Standardbriefe sind doch wirklich taktlos. Ich war oft wütend, traurig und verletzt zugleich über die Handlungen und Behandlungen von unwissenden Mitmenschen.

Am Schönsten empfand ich es, wenn mich jemand nach Tim fragte und wir ganz normal über alles was geschehen war, sprechen konnten. Ich erzähle heute noch gerne von meinem Sohn. Das erhält ihn für mich ein kleines bisschen lebendig und ich möchte ihn auch nie vergessen. Er ist in meinem Leben vorhanden, wenn auch nicht mehr auf der physischen Ebene, sondern auf der feinstofflichen. Ich weiß es und spüre es auch, er ist da, wenn ich ihn rufe und mit ihm kommunizieren möchte.

Phasen der Verarbeitung

Rückblickend denke ich, dass ich wirklich die klassischen Trauerphasen durchlebte – wie in einem Lehrbuch. Zuerst war der Schock da, das Gelähmtsein. Gott sei Dank, erlebte ich alles wie in Watte gepackt. Es drang nicht bis zum Herzen und zur Seele durch. Ich glaube, man würde den Schmerz nicht aushalten können. Die Natur sorgt großartig vor.

Der zweite Schritt war „ Funktionieren" und „Organisieren". Ich beschäftigte mich bis zur Erschöpfung mit Amtswegen und Räumungsarbeiten und führte viele Telefonate.

So langsam kam in der nächsten Phase der Schmerz, aber nur in kleiner Dosis. Gerade so, wie ich es scheinbar noch ertragen konnte. Wobei der letzte Gedanke vor dem Einschlafen der Tod meines Sohnes und der erste Gedanke in der Früh der Verlust von ihm war. Ich konnte es manchmal nicht so ganz glauben und realisieren.

Dann kamen die Tränen. An manchen Tagen weinte ich so sehr, dass ich glaubte, nie wieder aufhören zu können. Bei jeder traurigen Fernsehsendung, bei jedem persönlichen Gespräch, bei vielen Sätzen in Büchern - die Tränen saßen immer locker.

Später kam eine Zeit, in der ich mit dem Auto durch die Straßen fuhr und hoffte, mein Kind doch noch einmal zu sehen. Oder zumindest endlich jemanden, der Tim wenigstens ähnlich sah. Wenn eine Person nur eine Statur wie er hatte, bekam ich Herzklopfen, bremste den Wagen ab und war wieder enttäuscht. Keine Ähnlichkeit mit meinem Sohn!

Ich schaute beinahe täglich im Internet nach ob ich noch etwas Neues von Tim finden konnte. Ja, ab und zu stellte noch ein Freund aus Holland etwas von Tim ins Netz. Aber ich merkte schnell, dass mir diese Nachforschungen nicht gut taten.

Ich hatte auch eine Zeit, in der ich allen Leuten, wirklich allen, von Tims Tod erzählen wollte. Es war mir ein Bedürfnis, fast wie ein Zwang. Selbst wenn ich mit dem Hund auf die Hundewiese ging, sprach ich fremde Leute an.

Ich suchte mir aus dem Internet Trauergruppen heraus. Es gab einige gute Angebote, allerdings in Linz und in Graz. Aber in Wien fand ich leider nichts Geeignetes. Einmal ging ich zu einem Trauergespräch von der Erzdiözese in Wien. Dort saß ein junges, liebes Mädchen, das mich dafür bewunderte, weil ich so stark war. Sie selbst weinte bei dem Gespräch. Für mich war das ehrlich gesagt nicht die große Hilfe, die ich erwartete. Ich erhielt noch mehrere Einladungen per Mail bei einer Trauer – Tanzgruppe mitzuwirken. Zu dieser Zeit war mir wirklich nicht zum Tanzen zumute. Ich fand die Bemühungen nett, aber geholfen haben mir die Angebote nicht.

Ein Teil der Trauerarbeit besteht darin zu lernen, wieder zu leben in einem Leben für immer verändert durch den Verlust.

Wirklich hilfreich waren mir die vielen Gespräche mit meinem Mann, meiner Mutter und meinen Freundinnen. Meine Energetiker haben mir in dieser schweren Zeit auch sehr geholfen. Ich bin ihnen allen sehr dankbar.

Juli 2011

Heute ist der 1. Juli 2011, der 1. Todestag von Tim. Die ganze Woche war ich schon nervös und schlecht drauf. Solche Angst hatte ich vor diesem Tag. Heute Morgen wachte ich jedoch ungewöhnlich fröhlich auf. Es zog mich sofort in „ Tims Zimmer", zu seiner Urne. Ich spürte gleich die unendliche Vertrautheit, die mich mit meinem Sohn immer verband. Ich zündete – wie jeden Tag- die Kerzen unter seinem Bild an und begann automatisch „ Happy birthday"zu singen. Irgendwas stimmt da nicht, dachte ich. Es sollte doch „Happy deathday"heißen. Ich hörte Tim beinahe kichern. „Happy deathday, auf solche Ideen kannst nur du kommen, Mama."

Warum gibt es eigentlich kein Lied zu einem Todestag? Ich habe ihm heute mein neues Ständchen dargebracht und ich glaube ganz sicher, dass Tim es zu schätzen wusste.

Happy deathday, to you, mein liebster Tim!

Worte der Weisheit

Erlösung kommt von innen, nicht von außen.

Und wird erworben nur- und nicht geschenkt.

Sie ist die Kraft des Inneren, die von draußen

rückstrahlend deines Schicksals Ströme lenkt.

Was fürchtest du? Es kann dir nur begegnen,

was dir gemäß und dienlich ist.

Ich weiß den Tag, da du dein Leid wirst segnen,

das dich gelehrt zu werden, was du bist.

(Der Autor ist mir unbekannt)

Diese Zeit gab es auch…

Zweifel über Zweifel…

Ich plagte mich mit Schuldgefühlen herum- Tag und Nacht. Warum? Was habe ich falsch gemacht? Ich bat dich, Tim, in vielen Zwiesprachen um Erlösung.

Ich gab mir Schuld, dass du ein Schrei -Baby warst.

Meine Mutter verstärkte dies noch: Du bist ja so nervös. Da kann ja das arme Kind nur schreien. Aber heute weiß ich es: Es war umgekehrt. Ich war so nervös, weil Tim so viel geschrien hat!

Ich habe den falschen Kindergarten ausgesucht: „ Der Bub lernt da ja nichts, keine Lieder, keine Gedichte!"Ja, Tim hat es nicht gelernt, alle anderen Kinder schon. Dieselben Vorwürfe mit der Volksschule, der Mittelschule, der HTL und der Lehre. Aber welches Kind schafft es beinahe in der Berufsschule in der zweiten Klasse durchzufallen? Und verteidigt habe ich ihn immer wie eine Löwin. Mein Mann und ich haben unzählige Gespräche mit Lehrern geführt, angefleht ihm noch eine Chance zu geben haben wir sie, richtig gebettelt haben wir. Bis Tim endlich die Lehre mit sehr gutem Erfolg abschloss, war es ein für uns ein täglicher Kampf. Vielleicht haben wir ihm zu viele Hindernisse aus dem Weg geräumt? Zweifel über Zweifel….

Heute sehe ich es ganz anders. Tim wollte nicht, er wollte nie, er wollte einfach nicht leben. Ich möchte die Schuld nicht mehr tragen. Ich lebe gerne und liebe das Leben, aber mit dieser Bürde ist es schwer. Erst in der Angehörigen-Gruppe für Medikamentenabhängige und Drogensüchtige lernte ich, dass es nicht meine Schuld war und ist. Ich habe als Mutter alles getan, was in meiner Macht stand. Ich war immer für mein Kind da, habe ihn mit meiner Liebe umgeben und ihn immer gut versorgt.

Warum habe ich nicht früher etwas von Tims Sucht bemerkt?

Ja, ich wusste, dass Tim ab und zu Marihuana raucht. Ich fand das nicht so schlimm. Die Medikamentenabhängigkeit hingegen habe ich erst wirklich bemerkt, als es zu spät war. Ich habe, wie jede Mutter auch, sein Zimmer zusammengeräumt und ab und zu Kontrollen in seinem Zimmer gemacht. Ich habe nie etwas gesehen, außer dem üblichen Chaos in Jugendzimmern. Als Tim ungefähr siebzehn Jahre alt war, kaufte er sich eine Agame, die er frei in seinem Zimmer umherlaufen ließ. Er wusste genau, dass ich dann sein Zimmer nicht mehr ohne sein Beisein betreten würde. Ich hatte Angst vor diesem für mich hässlichen Tier, das einem kleinen Leguan ähnelte. Wir trafen eine Abmachung: Tim musste von nun an sein Zimmer selbst sauber halten. Meine Freundin meint allerdings, dass Tim dies beabsichtigt hätte. Sein Reich war ab jetzt unantastbar!

Zwei Jahre später schleppte Tim von einer Reptilien - Messe sogar eine Baby- Boa mit nach Hause. Ich wusste doch tatsächlich nicht, dass wir drei Wochen lang mit einer Schlange unter einem Dach lebten! Zu diesem Zeitpunkt regte ich mich nicht mehr so auf, da ich wusste, dass Tim bald zu seinem Vater nach Holland ziehen wollte. Seine Tiere musste er natürlich mit übersiedeln. Das stand für mich von Anfang an fest und diesen Standpunkt vertrat ich auch. Andy bezahlte die Spedition für seine Möbel und seine Terrarien.

Möglicherweise waren die Tiere ein Grund weshalb ich mich nicht mehr in seinem Zimmer aufhielt. Aber welche Mutter sitzt schon im Kinderzimmer?

Tim und ich trafen uns häufig in der Wohnküche auf einen netten Kaffeeklatsch. Ich war wirklich stolz auf unseren guten Kontakt und unsere Kommunikation.

Wenn ich mir die Fotos von früher ansehe, stelle ich immer wieder fest, wie innig wir beide miteinander umgingen und wie viel Spaß wir zusammen hatten. Tim konnte so gut andere Leute parodieren. Ich sagte häufig zu ihm: „ Ich denke, dass du einmal Kabarettist wirst." Wir konnten stundenlang über seine Darstellungen lachen.

Mein letzter Geburtstag mit Tim

Dieses Foto entstand ein halbes Jahr vor Tims Tod.

Omas 70. Geburtstag – 2 Monate vor Tims Tod

Wen die Götter lieben, lassen sie jung sterben. (röm. Dichter Titus Maccius Plautus, Klagegedicht von Friedrich Schiller)

Jänner 2012

Heute, fast eineinhalb Jahre später, habe ich es realisiert: Mein Sohn ist tot und kommt nicht mehr zurück. Ich kann gut damit leben und genieße meine Zeit auf Erden. Wenn ich traurig bin, kommen die Schmetterlinge um mich zu trösten. Und ich bin überzeugt, dass es ein Leben nach dem Tod gibt. Irgendwann werde ich meinen Sohn wiedersehen. Ich freue mich schon darauf. Manchmal höre ich Tims Stimme: „ Mama, mach was aus deinem Leben. Es muss doch auch einen Sinn gehabt haben, dass ich gestorben bin."Ich versuche täglich mein Leben positiv und schön zu gestalten. Es ist viel zu kurz um in permanenter Trauer und ständigem Frust umherzulaufen. Besonders die Zeit mit meinem Mann genieße ich sehr. Wir verbringen oft schöne gemeinsame Abende und ab und zu sehr nette, entspannte Urlaube. Ich habe auch einen tollen Freundes- und Bekanntenkreis, auf den ich mich immer verlassen kann.

Mein Sohn hätte nicht gewollt, dass ich immer und ewig leide. Das Leben geht weiter und das ist gut so.

Tamara, Tims Freundin, schrieb folgende passende Worte:

An dem Tag als Tim van Essen starb und eine Welt für mich zusammenbrach…

Ein neuer Tag,

du warst schon wieder breit.

Versunken in der Welt, ohne Raum und Zeit.

Du schautest mich an,

doch erkanntest mich nicht.

Egal was war,

ich ließ dich nicht im Stich.

Ich sah in deine Augen

Und wollte es nicht glauben.

Du warst fern der Realität,

ich dachte, es sei nie zu spät.

Du warst in einer Welt gefangen,

dachtest,

so könntest du neu anfangen.

Ohne Probleme, ohne Sorgen.

Leben, einfach von heute auf morgen.

Du dachtest, sie sei besser für dich.

Wieso glaubtest du mir nicht?

Es war doch nur Fassade und Schein.

Wieso fielst du darauf rein?

Ich wollte dir helfen,

bei dir sein.

Doch auf die Hilfe ließest du dich nicht ein.

Es sei dein Leben,

es sei schon okay!

Das tat unheimlich weh.

Dann hast du´s kapiert,

hast meine Hilfe akzeptiert.

Doch es war schon zu spät!

Du fandest nicht mehr zurück zur Realität.

Ich reichte dir die Hand,

doch du standest mit dem Rücken zur Wand.

Du bekamst sie nicht mehr zu fassen,

und ich musste dich gehen lassen.

Was hat es dir gebracht?

Was hat das Scheißzeug aus dir gemacht?

Du meintest,

du hast das Spiel verloren!

NEIN!

Du hast dich und dein Leben verloren!

Du hast dich aufgegeben für diese Welt,

in welcher alles, außer der Realität zählt.

Wie konnte es nur soweit kommen?

Diese Welt hat dich mir weggenommen.

Das Leben ist kein Spiel,

doch du spieltest mit dem Leben.

Es war dein Leben, das du zerstört hast,

doch auch meine Gefühle, die du verletzt hast.

Liebe Freunde von Tim!

Ich konnte leider den Kontakt zu euch nicht aufrecht erhalten, da ihr zu sehr mit meinem Verlust von Tim verbunden ward.

Die Schmerzen waren oft unerträglich. Bitte verzeiht mir! Die Geschichten, die ihr mir von Tim erzählt habt, klangen für mich manchmal sehr schrecklich. Was er noch alles angestellt hatte! Was ich alles nicht wusste! Dass Tim immer viel zu schnell Auto fuhr und sich bei rasanter Fahrt aus dem Fenster hängte und vieles mehr. Ich konnte es mir nicht mehr anhören. Meine Gedanken liefen im Kreis. Wäre er euch nicht begegnet? Hätte er andere Freunde gehabt? Seid ihr auch Schuld an seinem Tod? Es waren meine Gedanken, die Amok liefen. Ich wollte und will niemandem die Schuld zuweisen. So war es für mich wirklich einfacher mich nicht mehr mit euch zu treffen. Vielleicht war es ja feig von mir mich nicht mehr damit auseinanderzusetzen, aber mir fehlte die Kraft dazu. Ich benötigte sie wirklich für mich selbst. Es tat mir nicht gut, mich mit euren Problemen und eurer Trauer zu umgeben. Es tut mir von Herzen leid. Irgendwann werdet ihr mich verstehen, wenn ihr selbst Kinder habt.

Februar 2012

Letzte Woche hatte ich einen Traum. Tim war wieder da. Er wollte wieder Geld von mir, konnte sich seine Miete nicht leisten und bat mich darum seine Rezeptgebühren zu bezahlen. Ich erlebte das Szenario noch einmal und noch einmal. Da schrie ich: „ Ich habe doch deinen Sarg gesehen. Geh wieder zurück dorthin! Du warst doch schon tot! Ich kann nicht mehr!"Schweißüberströmt wachte ich auf. Der Traum begleitete mich noch einige Zeit lang. Für mich war das ein Zeichen, dass es so wie es jetzt ist, besser für uns alle ist. Auch ich darf mein Leben noch genießen- ohne ständigen Auf und Ab, die die Drogensucht mit sich brachte. Ich liebe meinen Sohn noch immer sehr, aber wir hätten es nicht geschafft Tim von seiner Sucht zu befreien. Wir – mein Mann, meine Eltern und ich- wären dabei auch zugrunde gegangen.

März 2012

Mein Mann und ich haben eine systemische Familienaufstellung gemacht. Ich wollte unbedingt noch einige offene Fragen klären. Warum musste mein Sohn so früh sterben? War es die Zerrissenheit zwischen Holland und Österreich? Oder war es das Suchtverhalten voriger Generationen in meiner Familie? Es kam ganz klar zum Vorschein, dass es weder das eine noch das andere war. Tim hatte von Geburt an eine gewisse Todessehnsucht verspürt. Bei der Aufstellung setzten sich Stück für Stück alle Puzzleteile seines Lebens zusammen. Es fiel mir wie Schuppen von den Augen. Ich hatte immer unbändige Angst um mein Kind. Nicht so wie andere Mütter, nein, es war wirklich sehr ausgeprägt. Tim lebte immer so extrem, als gäbe es kein Morgen. Er fuhr schon als Kind zu schnell mit dem Rad, kletterte überall hinauf. Sobald er alt genug war, ging er zum Bungeejumping. Zum 18. Geburtstag bekam er von seinem Vater einen Fallschirmsprung ohne mein Wissen geschenkt. Er raste mit dem Auto und fuhr sogar Wettrennen. Über unser Haus fliegt der Rettungshubschrauber. Jedes Mal, wenn ich ihn wieder aufsteigen hörte, dachte ich sofort: Jetzt ist Tim etwas passiert. Meistens rief ich ihn an und fragte: „ Ist alles in Ordnung bei dir?"Mein Sohn lachte dann immer: „ Mama, um mich brauchst du dir keine Sorgen machen. Mir passiert schon nichts."

Mir hat die Familienaufstellung wirklich sehr geholfen. Ich bin nun von einer Schuld befreit, die ich mir selbst aufgeladen habe. Ich hätte nichts an seinem Tod ändern können.

Durch die Aufstellung und Trauma- und Trauerbearbeitung hat sich etwas Wesentliches geändert. Ich fahre nicht mehr durch die Straßen und versuche Tim zu suchen beziehungsweise ihm ähnlich sehende Personen zu sehen. Ich habe gleich nach der Aufstellung ein Lokal betreten ohne mir alle jungen Leute anzuschauen. Ich bin richtig stolz darauf, dass ich meinen Sohn nicht mehr so krampfhaft „ suche". Das Loslassen war und ist nicht leicht!

April 2012

Im Moment genieße ich meine Osterferien. Ich nützte die freie Woche um mich wieder intensiv mit Tims Sterben auseinanderzusetzen. Am Montag war ich mit meiner Freundin Uschi in Mödling in einem Geschäft, in dem unter anderen Räucherwaren zum Ausräuchern verkauft werden. Ich trug schon länger den Gedanken in mir unser Haus einmal ordentlich durchzuräuchern. Die Besitzerin in dem Laden schaute mich an und sagte: „ Ich glaube, Sie brauchen noch mehr als Räucherwerk. Ich kenne eine Frau, die mit ihrem verstorbenen Sohn Kontakt aufnehmen kann. Sie ist nicht verrückt, sie hat einfach diese Begabung." Sie gab mir die Telefonnummer. Zuerst wollte ich gar nicht anrufen. Ich steckte die Nummer einfach in meine Geldbörse und verbrachte mit Uschi einen netten Shopping- Tag in Mödling.

Am Abend verspürte ich auf einmal ein unbändiges Gefühl diese Nummer zu wählen. Ich rief an und tatsächlich meldete sich eine nette junge Dame am Telefon. Ich erzählte nur kurz, dass mein Sohn Tim verstorben sei und ich gerne noch einiges von ihm wissen wollte. Wir vereinbarten gleich für Freitag einen Termin. Ich war schon die ganze Woche ein bisschen aufgeregt und freute mich schon sehr auf diesen Tag.

Pünktlich zum vereinbarten Termin stand ich vor der Haustüre. Tina öffnete mir die Tür – kein Hokuspokus, alles verlief völlig unspektakulär. Wir setzten uns in eine gemütliche Sitzgarnitur. Sie fragte mich nach Tims Namen, seinem Alter und der Todesursache, mehr nicht. Mehrmals entschuldigte sie sich bei mir: „ Bitte, halte mich nicht für verrückt. Ich kann wirklich mit Verstorbenen reden. Das ist Realität."Ich bin sowieso offen für alles Neue. Bei mir hätte sie sich nicht entschuldigen müssen. Ich stellte also meine erste Frage. „Möchtest du, dass ich mit deinem Vater gemeinsam deine Asche begrabe und dass wir uns versöhnen?"Tina wartete eine Weile und lauschte Tims Worten. Dann lachte sie herzlich. „Dein Sohn ist wirklich lustig. Ich fragte ihn ob du dich mit Papa versöhnen sollst. Er antwortete: „Welchen Papa meinst du? Meinst du Pieter, denn Papa habe ich nie gesagt."Unglaublich! Ich hatte kein Wort davon erwähnt. Dann gab Tina mir die Antwort: „Nein, Tim will das auf keinen Fall! Er traut Pieter nicht mehr und möchte nicht, dass du Kontakt zu ihm aufnimmst. Aber er möchte schon gerne in die Natur hinaus. Auf keinen Fall will er auf einen Friedhof, denn er lehnt diese Gräber total ab. "Das passte auch genau zu dem Gefühl, dass ich immer dazu hatte. Tim will nicht auf einem Friedhof sein. Ich werde einen Platz im Garten für die Urne finden.

Tina sagte mir auch noch wie ich selbst – ohne ihre Hilfe- Kontakt zu Tim aufnehmen könnte und vor allem wo. Sie erzählte mir genau von einem Platz in unserem Haus, an dem ich Tim immer wieder in Nebelschwaden sah und sehe. Nach einer Weile lachte sie wieder herzlich auf: „Tim entschuldigt sich gerade bei dir, weil er sich immer mit so einem furchtbaren Geruch bei dir bemerkbar macht."Nun musste ich auch lachen. Denn mein Mann und ich wussten schon immer – seit Tims Tod- wenn er in unserem Haus war. Am Anfang dachten wir immer ein Bio- Mistkübel oder ein Komposthaufen zöge durch unser Haus. Anders kann ich den Geruch nicht beschreiben. Mein Sohn fügte noch hinzu: „Mama, du kannst ja ein bisserl mit Jasmin-Duft sprühen, falls es dich stört."Wir mussten wirklich kichern. Das war und ist so typisch für Tim.

„Außerdem möchte Tim, dass du unbedingt ein Buch über seinen Tod schreibst und wie du damit umgehst. Er wird dir dabei helfen. Der Buchumschlag soll in Blautönen erscheinen, "sagte Tina. Auch diese Aussage war für mich keine Überraschung. Ich wollte wirklich schon lange ein Buch schreiben, nahm mir aber nicht die Zeit dazu.

Ich wollte auch noch wissen, warum Tim so jung sterben musste. Tina sagte mir in Tims Worten, dass es diese „Scheißdrogen"waren. Das war auch eine eindeutige Tim – Aussage, denn Tina bediente sich im normalen Sprachgebrauch nicht dieser Ausdrucksweise. Tim sagte das zu Lebzeiten sehr oft.

„Er ist schon einmal im Spital auf der anderen Seite gewesen", sagte sie auf einmal. Zuerst wusste ich nicht, was Tina meinte. Aber dann fiel es mir ein. Als ich Tim ein paar Monate vor seinem Tod ins Spital brachte und mir der Arzt sagte, dass er sterben müsste, wenn er so weitermacht. Damals hatte ich den Eindruck, dass Tim schon einmal „weg"war. „Und damals hat Tim sozusagen begonnen diese Todessehnsucht zu spüren, "erzählte sie mir. Auch das ergab für mich einen Sinn. Ab diesem Zeitpunkt hatten wir unseren Tim nicht mehr. Er war ab diesem Moment wie ferngesteuert.

„Tim sagt auch noch, dass er tagelang nicht wusste, dass er tot war. Er wollte immer wieder in seinen Körper zurück und dachte, er sei auf einem Horror-Trip."Über dieses Thema hatten mein Mann und ich häufig gesprochen. Auch wir hatten immer wieder den Eindruck, dass Tim es lange nicht begriffen hatte, dass er schon längst tot war.

„ Sag Andy noch, dass ich ihn ganz lieb habe. Es tut mir so leid. Ich möchte nicht, dass er so eine Trauer in sich trägt. Er war mir ein besserer Vater als Pieter es jemals war, "sagte Tim zu mir, als Tina mir zum Abschluss in einer geführten Meditation zeigte, wie ich mit Tim sprechen konnte.

Nach dieser Sitzung fühlte ich mich so glücklich, so unendlich frei und voller Liebe zu meinem Kind. Ich schwebte beinahe vor Glück. Vor kurzem hatte ich in einem Buch über Verstorbene gelesen: Was bleibt, ist die Liebe. Das empfand ich in diesem Moment stärker denn je. Ich könnte vor Glück die ganze Welt umarmen. Das Leben ist so schön! Ich kann es von ganzem Herzen genießen. Tim ist mein Geistführer und ist immer bei mir, wenn ich ihn brauche.

April 2012

Ich hatte bei Tina gelernt auf Tims Stimme zu hören. Noch genauer hinzuhören, als ich es davor schon konnte. An einem Donnerstag im April las ich wie jeden Morgen den Kurier beim Frühstück. Auf einmal hatte ich den Eindruck als würde Tim mich auf einen Artikel aufmerksam machen. Er handelte von einem „Drogenarzt", dessen Praxis im Visier von Polizei-Ermittlungen stand. Es waren weder ein Name noch eine Adresse angegeben. Ich bekam auf einmal Gänsehaut. Und wenn das Tims Arzt ist, der ihm die Überdosis verschrieben hat? Nein, Bettina, das kann gar nicht sein. Es gibt hundert Ärzte in Wien.

Ich beruhigte mich und fuhr in die Schule, wo ich mich sowieso immer vollkommen auf meine Schüler konzentrieren muss. Den ganzen Vormittag verschwendete ich keinen Gedanken mehr an den Artikel in der Zeitung. So gegen halb drei Uhr kam ich wieder nach Hause. Die Zeitung lag noch immer auf dem Tisch. Ich wurde magisch angezogen und las den Artikel noch einmal in aller Ruhe. Nun packte mich die Aufregung. Er könnte es sein! Bettina, er könnte es sein! Ich hatte natürlich den Namen nach zwei Jahren vergessen, da ich nur einmal angerufen hatte und mein Sohn ja auch nur einmal dort war. Am Tag seines Todes. Ich wusste nur noch in welchem Bezirk er ordinierte. Also nahm ich das Telefonbuch zur Hand.

Ich habe ein photographisches Gedächtnis und wusste den Namen gleich wieder als ich ihn sah. Okay, bleib ganz ruhig, dachte ich. Wenn sich der Journalist nicht gleich meldet, vergiss es, redete ich mir zu. Wenn es dieser Arzt nicht ist, auch gut. Es ist ja nur ein Versuch. Beim dritten Klingelton meldete sich tatsächlich der Journalist. Ich erzählte ihm in kurzen Worten von Tims Tod, der nach dem Besuch bei einem Arzt eintrat. Nachdem ich den Namen des Doktors erwähnte, war es am anderen Ende der Leitung still. Ich hörte, wie er den Atem einsog und dann herausplatze: „ Ja, dieser Arzt ist es!"Unglaublich! Er bat mich für den nächsten Tag zu sich in die Redaktion. Zu Hause durchsuchte ich alle Unterlagen, die ich noch von Tim hatte. Zuerst fand ich gar nichts. Aber immer wieder hörte ich Tims Stimme: „Mama, du findest etwas. Gib nicht auf!" Tatsächlich wurde ich fündig. Mitten zwischen den Dokumenten lag ein Überweisungsschein, datiert am 1. Juli 2010 von diesem praktischen Arzt zu einem Hautarzt. Außerdem fand ich noch die letzte Medikation vom Anton Proksch Institut. Diese unterschied sich gewaltig von dem, was ihm der Arzt verschrieben hatte. Es war nur von Beruhigungsmitteln die Rede, aber sicher nicht von Methadon.

Wahrheitsfindung

Ich fuhr also am nächsten Tag in die Redaktion und erzählte meine Geschichte. Zwei Tage später erschien tatsächlich ein einseitiger Bericht über Tim in der Zeitung. Ganz genauso wie ich es berichtete, wurde es nicht wiedergegeben. Aber ich denke, das ist die Freiheit der Journalisten.

Am nächsten Tag bat mich der Journalist, ich möge mich bitte bei der Polizei beim BKA melden. Ich rief umgehend dort an und vereinbarte noch für denselben Tag einen Termin. Zuerst hatte ich das Gefühl, als würde man meiner Geschichte nicht sehr viel Beachtung schenken. Aber auf einmal schienen die Polizisten immer interessierter zu werden. Zum Schluss erzählten sie mir sogar, dass dieser Arzt seit 2007 im Visier der Ermittlungen steht, man ihm aber nichts nachweisen konnte. Meine Aussagen wurden zu Protokoll genommen, nachdem ich darüber aufgeklärt wurde, die Wahrheit zu sagen. Anschließend teilte man mir mit, dass nun alle Unterlagen zur Staatsanwaltschaft weitergeleitet würden.

Am Nachmittag rief mich wieder der Journalist an und erzählte mir, er hätte den Arzt telefonisch kontaktiert. Dieser gab zuerst an, dass er bei Tim einen Harn- und Bluttest gemacht hätte, bevor er ihm Methadon verschrieben hatte. Auf die Frage des Journalisten ob er ein Labor in der Praxis hat, sagte er: „ Nein, ich kann das in den Hinterköpfen der Leute lesen". Denn Tim war nur ein einziges Mal in der Ordination. Dieses Interview erschien dann am nächsten Tag in der Zeitung.

Einige Freunde und Bekannte fragten mich, warum ich nun etwas in dieser Richtung unternehme. Mir geht es darum, dass so etwas keinem anderen Jugendlichen mehr passiert. Es geht mir dabei weder um Geld noch um Rache. Mein Sohn wird davon nicht mehr lebendig.

Am Montag in der Schule erhielt ich eine SMS: Bitte, rufen Sie bei PRO Sieben an. Ein Herr würde Sie gerne sprechen. Ich war mitten im Unterricht und mit meinen Gedanken ganz woanders. In diesem Moment dachte ich tatsächlich, es würde sich um eine polizeiliche Abteilung handeln. Erst als ich anrief, wurde mir klar, dass der Fernsehsender gemeint war. Der Kameramann meldete sich und sagte gleich, das Team käme um ein Uhr in die Schule. Am Telefon meinte ich noch: „ Bitte, ich möchte nicht in die Öffentlichkeit. Können Sie mich beim Filmen unkenntlich zeigen?"– „ Ja, wir können Sie gerne mit einem schwarzen Punkt vor dem Gesicht filmen."Als die Leute von PRO Sieben eintrafen, hatte ich es mir überlegt. Wovor sollte ich mich verstecken und warum? Ich habe nichts zu verbergen.

Das Gespräch begann ganz locker- zur Einstimmung. Ich war überhaupt nicht nervös oder aufgeregt.

Es wurde eine halbe Stunde gefilmt und ich beantwortete alle Fragen. Am Abend wurden davon eine Minute und vierzig Sekunden gesendet.

Ich war wirklich sehr aufgeregt, als ich mir am Abend die Sendung ansah, aber ich fand mich gar nicht so schrecklich, wie ich mich sonst finde, wenn ich gefilmt werde. Der Anwalt des Arztes, der nach mir ein Interview gab, entsetzte mich allerdings mit seiner Aussage: „Nun, der Falls wir überprüft. Punkt eins, tut es uns sehr leid und Punkt zwei sind wir für solche Fälle versichert." Für solche Fälle! Es ging um das Leben meines Sohnes!

Nach der Sendung erhielt ich unzählige Nachrichten von Freunden, die ganz außer sich über den Arzt und dessen Anwalt waren. Der Zuspruch hat mir unendlich gut getan. Ich spüre, dass sich etwas in der Angelegenheit meines Sohnes bewegt und ich hoffe auf Gerechtigkeit. Ich habe alles getan, was ich als Mutter tun konnte. Jetzt sind andere gefordert, den Tod meines Sohnes aufzuklären. Es ist die Aufgabe der Staatsanwaltschaft die Wahrheit herauszufinden.

Jeder von uns ist ein Engel mit nur einem Flügel.

Wir können nur fliegen, wenn wir uns umarmen.

(Luiciano de Creszenzo)

Diese beiden Sätze finde ich wunderschön. Ich glaube intensiver denn je an Engel. Sie haben an Bedeutung für mich gewonnen. Ich glaube nicht, dass Tim ein Engel geworden ist. Aber er hat seine Aufgaben auf der „anderen Seite" zu erfüllen. Ich kann jederzeit mit ihm sprechen und wenn ich in mich hinein höre, erhalte ich auch Antworten. Ich bin auf der Welt um noch viel zu lernen, viel zu verstehen. Das Materielle ist nicht mehr so wichtig. Wichtig sind zwischenmenschliche Beziehungen. Einander zuhören, sich Zeit zu schenken, einander zu helfen; das sind meine obersten Prioritäten geworden. Eines meiner Lieblingsbücher ist „Schicksal als Chance" von Thorwald Dethlefsen. Es passiert nichts zufällig. Alles hat im Leben einen Sinn. Für mich besteht die Sinnhaftigkeit von Tims Tod darin, dass ich die Möglichkeit habe, mich weiterzuentwickeln. Daran arbeite ich jeden Tag aufs Neue.

Wenn ich sehr traurig bin, kommt ein Schmetterling um mich zu trösten. Ich wurde auch schon gefragt: „Und was ist im Winter? Da gibt es doch keine Schmetterlinge."

Das ist richtig. Doch zu mir kam sogar ein Nachfalter im Winter beim Fenster herein.

29. Mai 2012

Heute ist tatsächlich mein Abgabetermin für das Buch. Um mich ein bisschen zu entspannen, ging ich mit meiner Hündin Jana in die Lobau spazieren. Schmetterlinge begleiteten mich auf meinem Weg und flattern links und rechts von mir über blühende Kornfelder. Auf einmal sah ich eine Raupe auf einer geschotterten Straße liegen. Behutsam hob ich sie hoch und setzte sie ins Gras:

„ Aus dir wird auch bald ein Schmetterling."

Die Hoffnung, dass so etwas nicht mehr passiert:

Ich möchte wirklich alle Eltern darin bestärken, aufmerksam auf Veränderungen bei ihren Kindern zu achten. Es ist heutzutage viel zu einfach für Jugendliche an Medikamente heranzukommen. Die jungen Menschen unterschätzen die Suchtgefahr vollkommen. In der Selbsthilfegruppe des Anton Proksch Instituts wurde meinem Mann und mir erklärt, dass die Chance auf Heilung bei Medikamentensucht sehr gering ist. Wir dachten immer, Heroin- und Kokainsucht wäre schlimmer. Wir sind eines Besseren belehrt worden.

Mit diesem Buch möchte ich eindringlich darauf hinweisen, wie gefährlich manche Medikamente, wie zum Beispiel „Barbiturate" (Schlafmittel und Beruhigungsmittel, die normalerweise zu Narkosezwecken genützt werden) tatsächlich sind.

Danksagungen

An alle meine Lieben!

Ich danke meinem lieben Mann Andy und meinen Eltern, Lisl und Heinz, für ihre unermüdliche Unterstützung und Hilfe.

Ohne meine Freundinnen Tami, Uschi, Doris, Tina, Barbara, Elena, Sissi, Eva, Monika, Burgi und Sylvia hätte ich es nie geschafft so glücklich weiter zu leben. In den schwersten Stunden standen sie immer an meiner Seite.
Mädels, ich bin euch unendlich dankbar für eure nie enden wollende Freundschaft!

 Danke, dass es euch gibt!

Meinen Energetikern Helena und Hannes gebührt an dieser Stelle besonderer Dank. Ihr habt mir meinen Weg gezeigt!

Dank Tina, die es mir ermöglichte mit Tim Kontakt aufzunehmen, war ich soweit, dieses Buch herauszubringen.

Mein innigster Dank gilt meiner Shiatsu –Praktikerin Eva, die mich immer aufgefangen hat, wenn mein Energielevel wieder einmal am Boden war und die es immer wieder geschafft hat, mich in meine Mitte zu führen.

Lieben Dank an meine Pilates - Trainerin Claudia, die mich während der letzten Jahre körperlich fit hielt und sich geduldig meine Geschichten während unserer Stunden anhörte.

Meinem Sohn Tim möchte ich danken, dass er während meiner Arbeit immer in meiner Nähe war und mich geistig unterstützte.

Tim, du wirst immer in meinem Herzen sein!

Herzlichen Dank an den Verlag united p.c., der das Erscheinen meines Buches ermöglichte.